COLLECTION FOLIO

Marie Nimier

La caresse

Gallimard

Marie Nimier est née par un mois d'août torride à l'hôpital Saint-Antoine, Paris XIIe. Elle commence à quinze ans une carrière chaotique de comédienne et de chanteuse, participe aux créations théâtrales et musicales du Palais des Merveilles, des Morosophes, de Pandemonium and the Dragonfly (aux États-Unis) et des Inconsolables. Elle aime se promener dans les ports, les gares, les jardins publics, les marais salants, les îles, et surtout rester de longues heures enfermée, assise à une table de travail, loin.

Elle écrit à la main, joue de l'accordéon diatonique et réside à Montreuil-sous-Bois.

Elle a déjà publié cinq romans : *Sirène* en 1985 (couronné par l'Académie française et la Société des Gens de Lettres), *La girafe* en 1987, *Anatomie d'un chœur* en 1990, *L'hypnotisme à la portée de tous* en 1992, *La caresse* en 1994, ainsi qu'un monologue théâtral, *Mina Prish* (dans *Le voyage à l'Est*, 1990, Balland / Maison des Écrivains).

À Élio

Comment dire ce qui nous lie ?

EDMOND JABÈS
Le Livre des Marges

0

Je suis un chien. Sujet — verbe — complément, voici une phrase sans prétention ni beauté particulière, une phrase qui se tient. Il n'y a presque rien et tout est là, flottant, ne demandant qu'à s'épanouir sous la caresse des mots, à s'ancrer, ne demandant...

Mais qui demande, et pourquoi ? Je n'aime pas parler de moi.

On s'approche de l'animal, sur la pointe des pieds, on le renifle. JE porte un masque noir, il frétille. Son corps n'est pas bien grand, environ trois poulets compressés, inscrits dans un cube. Ses membres sont très forts mais de longueur modérée et sa queue, attachée haut, dessine une boucle gracieuse posée sur sa hanche. Malgré un anus saillant, largement découvert, et des yeux globuleux, JE est d'un naturel pudique. Il ne représente pas l'auteur, car l'auteur serait plutôt de la famille des chats.

1

J'ai une certaine influence sur mes nouveaux maîtres. Ils sont deux maintenant. L'un comme l'autre travaillent et forment un couple sans adjectif — pour ne pas dire un couple moyen, ce qui serait fade ou méprisant. Les premiers jours, ils m'ont enfermé dans la cuisine avec l'oiseau.

Nos aventures commencent là, entre l'évier et le radiateur.

La suite, j'ai du mal à l'imaginer. Je suis trop proche peut-être, trop intimement lié à l'histoire pour en connaître le dénouement. Le dernier renseigné sur les intentions de l'auteur. Je ne connais même pas son nom. C'est important, les noms. Cathy, mon ancienne maîtresse, m'appelait Boudin. Elle me nourrissait, me caressait parfois, mais ses doigts glissaient vite, comme si elle avait peur de les salir. Cathy a profité de la mort de sa mère pour se séparer de moi. Se débarrasser, faudrait-il dire. Le coût élevé du cercueil et du bifteck haché aura servi de prétexte. Je ne lui en veux pas — la déception est la rançon des rêves, et Cathy ne m'a jamais poussé à rêver. À dormir, oui, d'un sommeil lourd, sans illusions.

Je n'ai goûté qu'une seule fois du boudin, un

morceau de boyau est resté coincé entre mes dents, j'en garde un souvenir mitigé. J'ai du mal à avaler tout rond. Ce n'est pas un principe d'ordre politique ou philosophique mais une question de morphologie.

J'habite donc chez M. et Mme Breton depuis quelques semaines. Nous nous entendons plutôt bien. Je crois qu'ils sont sensibles au fait que, sagement, avec eux et dès le début, j'aie accepté de regarder la télévision. Une seule chose les chagrine : malgré mes efforts répétés, je suis incapable de monter tout seul sur le canapé. Un dalmatien le pourrait, mais le laisserait-on faire ? J'en doute. Chaque espèce a ses inconvénients, la mienne manque de ressort.

À propos d'espèce, je suis un carlin — à ne pas confondre avec le carrelet, poisson comestible de forme quadrangulaire que l'on trouve dans les supermarchés. Mme Breton les achète en filets. Elle me saisit et me soulève, ses mains s'agrippent, ses ongles s'enfoncent dans les bourrelets de mon cou, sous le collier, je glisse, elle m'étrangle, je vais tomber…

— Viens ma fi-fille, viens voir ta Mémère.

Enfin me voilà en sécurité sur ses genoux, elle me gratte le ventre (fi-fille, viens la fi-fille, son obstination me met la puce à l'oreille) et lorsque pour la cinquième fois elle répète ces mots, je dois me rendre à l'évidence : non seulement *JE* est un carlin, mammifère domestique carnivore à ne pas confondre (etc.), mais je suis une chienne.

Une chienne ? Le récit s'inscrit en flou. Il ne tient qu'à deux lettres, deux lettres minuscules pour que ce ventre qui aime tant être caressé soit condamné à rester vide, éternellement mou, absolument digestif. La précarité de mon existence m'inquiète. Mes maîtres sont-ils de nature plus stable ? Je les observe tour à tour. M. Breton change de chaîne. Mme Breton change de position. Pour ma part, je ne veux rien changer : je m'appelle Gilda des Bruyères Corréziennes. Mon père était un chien exceptionnel. Champion de France, champion d'Europe, et combien de rejetons, combien de millions de spermatozoïdes administrés contre subsides, et à bout portant ? Je n'en tire aucune gloire, aucune honte non plus, mais je préfère jouer cartes sur table. L'incident de la première phrase (ces deux lettres *oubliées*) nous invite à la précision.

Voilà ce que je sais : les Breton m'ont achetée pour une bouchée de pain. Par compassion. Je suis donc un animal de deuxième main. Je n'en prends pas ombrage, mes papiers sont en règle, je n'ai rien à me reprocher. Je suis arrivée chez Cathy le jour de Noël, sa mère a débarqué tout essoufflée avec moi sous le bras, elle m'a posée sur le lit défait et a dit à sa fille : Voici ton cadeau, tu ne trouves pas qu'elle me ressemble ?

Cathy nous a regardées tour à tour, elle avait

l'air embarrassée. Ma mère à moi (la chienne) affiche ses origines anglo-saxonnes. Elle se nomme Daphné Lovely Girl. Charmant, n'est-ce pas ? Je suis née chez Mrs Smooth près de Calais, l'été dernier, comme six autres carlins et trois levrettes d'Italie. Exploitation mixte, soutenue par la Communauté européenne. Mrs Smooth ne s'entendait pas bien avec son mari, surtout la nuit. Elle criait plus fort que lui, les chiens s'y mettaient à leur tour, impossible de dormir…

Lorsqu'un client se présentait, le couple se réconciliait, ça roucoulait autour des cages. Les Smooth insistaient sur le caractère familial de l'entreprise. Il ne s'agissait pas d'élever les animaux en vase clos, ni de les couver outre mesure, mais de les habituer à leur future existence. Les chiots, expliquaient-ils en chœur, étaient exposés dès leur naissance aux bruits habituels du foyer : radio, aspirateur et voix humaines des deux sexes, ce qui leur permettait de s'intégrer sans problème chez leurs nouveaux maîtres.

Les disputes des Smooth faisaient-elles partie de cet apprentissage de la vie ? Les insultes reprenaient après le départ des acheteurs. Il fallait se partager le montant de la vente. Malgré ces débuts difficiles, mes oreilles sont restées douces comme du velours. Est-ce cela aussi qui a séduit la mère de Cathy ? Elles sont très agréables à toucher. Et moi, je déteste qu'on me caresse les oreilles, à cause du bruit que cela provoque à l'intérieur du crâne. M. Breton m'a réveillée, le premier soir, devant la télévision, en me les tripotant d'une main distraite. J'ai grogné. Il a vite retiré son bras, je crois qu'il a eu peur.

— Si tu continues, je te renvoie chez Cathy, non mais des fois…

M. Breton manque d'élégance. Comment lui en vouloir ? Je me suis promis de faire des efforts.

Le dimanche, Mme Breton va seule à la messe. Pourquoi ne m'emmène-t-elle pas ? Dès qu'elle a tourné les talons, son mari se sert un pastis.

— Gilda ! Viens donc ici voir ton Pépère…

Il tient absolument à ce que je boive avec lui. L'odeur de l'anis m'incommode, il s'entête, promène son verre sous mon nez, les vapeurs d'alcool me piquent les yeux. J'ai envie de vomir mais je me retiens — dois-je une fois de plus repousser ses avances ? Je lape un bon coup en bloquant ma respiration. M. Breton est aux anges. Il le raconte à plusieurs personnes au téléphone, l'après-midi même : nous avons une nouvelle pensionnaire, c'est une petite chienne, elle aime le pastis et la télévision. Ma femme en est dingo. Son air renfrogné l'enchante ! Gilda, un carlin. Un peu comme un dogue miniature, en plus compact, avec le museau écrasé.

Je ronfle en dormant. M. Breton aussi, mais le sait-il ?

2

Mme Breton s'obstine à employer la troisième personne du singulier en parlant d'elle-même, et à s'appeler Mémère en ma présence, ce qui lui va comme un gant de boxe à un danseur mondain. Pépère, passe encore, mais elle — non, je ne m'y habituerai jamais. Il faudrait que l'auteur révise son vocabulaire : Mme Breton n'est ni grosse ni démodée. Je l'aime bien. Elle ressemble à son fils, Nicolas, le jeune homme qui a la clef. Il vient souvent lorsque ses parents sont absents. Il ouvre son courrier, s'enferme un moment dans son ancienne chambre puis revient à la cuisine et mange debout, planté devant le réfrigérateur.

Nicolas engouffre tout et très vite, comme s'il avait peur d'être surpris. Ses chaussures sont trouées, il porte toujours les mêmes. Je l'amuse — il croit que je m'ennuie.

Son père avait dû l'avertir de mon arrivée, car dès notre première rencontre il m'a soulevée du sol comme s'il me connaissait depuis toujours et m'a agitée devant lui en disant :

— Alors, comment elle va, la merveille ?

Il n'allait pas s'y mettre, lui aussi. Je l'ai fixé droit dans les yeux. Il a souri.

— Ne t'inquiète pas, je ne suis pas dupe. Je sais bien que tu le sais…

Que voulait dire Nicolas, quel était ce secret que nous partagions ? Il m'a reposée par terre et a trempé un morceau de sucre dans du pastis avant de me le tendre, à genoux devant moi, comme pour se faire pardonner. Je me suis reculée. Il en a déduit que je n'aimais pas le sucre — depuis les expériences paternelles, la famille Breton au grand complet était persuadée que j'avais un penchant pour les apéritifs anisés. Fort de cette certitude, il m'en a servi une bonne lampée dans mon écuelle. Le liquide jaune s'est emparé de l'espace fleuri. Je l'ai renversé illico en posant mes deux pattes sur le rebord en plastique. Nicolas m'a regardée d'un air surpris. Sans se démonter, il a épongé la tache gluante, puis m'a resservi.

— Et cette fois, tu te concentres un peu !

Il a rajouté de l'eau. Quelques morceaux de croquettes rescapées flottaient sur le breuvage. Je suis sortie de la pièce en grognant, le coussinet poisseux, la gueule plus fripée que jamais. Nicolas s'est excusé. Il a ouvert le réfrigérateur et, ne trouvant pas ce qu'il cherchait, a quitté la maison. J'ai entendu sa mobylette démarrer.

Le fils Breton ressemble aux garçons qui montent chez Cathy. Nous habitions une chambre étroite sous les toits, au sixième étage d'un immeuble en pierre de taille où l'ascenseur ne desservait que les appartements avec balcon.

Chaque matin, Cathy me descendait en même temps que les poubelles. Quand elle invitait un ami, elle m'enfermait dans la penderie et mettait la musique très fort. Une odeur de parfum envahissait l'espace. Elle m'obligeait à avaler un petit cachet. Je me réveillais après la bagarre, seule et déshydratée. Je pense qu'elle avait honte de moi. Peut-être me croyait-elle trop jeune pour assister à la chose.

Chez les Breton, le cas ne s'est pas encore présenté. Je dors pourtant dans un panier en forme de cœur, au pied du lit conjugal.

Je suis retournée dans la cuisine. Quelques miettes de biscuit étaient tombées par terre. Je m'apprêtais à les ingurgiter lorsqu'un bruit de clef me fit sursauter. C'était encore Nicolas. Il avait acheté du lait. Après avoir lavé mon écuelle, il entreprit de me préparer un chocolat. Il mélangea le breuvage avec un fouet, comme s'il battait des œufs en neige. Ça allait un peu vite, j'avais la tête qui tournait, pourquoi un tel empressement? Ce goût exquis... Cathy me donnait toujours ses bols à finir. Elle les penchait sur le côté pour que je puisse lécher bien au fond. J'ai plongé mon museau dans la mousse. Nicolas a applaudi. J'ai tout bu, aurait-il fallu lui en laisser? Non, je crois qu'il voulait simplement me faire plaisir. Il a disparu un instant, j'ai entendu ses talons usés claquer sur le carrelage de la salle de bains. En revenant, son pas était plus léger. Quelque chose brillait dans sa main.

Un objet plat et rectangulaire.

Je ne connaissais pas encore très bien la nature des ustensiles rangés sur les étagères au-dessus du lavabo. M. Breton se rasait porte fermée et sa femme, même si elle m'autorisait à passer la frontière de cuivre vissée entre linoléum et carreaux, n'avait jamais pensé à m'asseoir sur le tabouret, en position haute, pour que je profite du spectacle. D'en bas, je n'assistais qu'au ballet de ses ongles peints, et encore, seulement ceux des pieds. Parfois une serviette humide atterrissait sur mon dos. Mme Breton s'esclaffait. Nous n'avons pas le même sens de l'humour.

Nicolas s'approcha de la table, il riait lui aussi.

— Allez, regarde-toi dans la glace !

J'ai regardé. Il y avait une forme, juste derrière l'écuelle vide, une forme qui bougeait en même temps que moi. Ce n'était pas l'oiseau, ni le fils ni même ses parents, ça ne ressemblait à rien : c'était mon corps, sans l'odeur. Un amas de poils et de plis. Un fantôme de carlin.

Nicolas ne quittait pas le miroir des yeux. Il ne semblait pas mettre en doute la conformité du portrait. C'est du propre, disait-il en faisant jouer la lumière sur ma truffe, tu as du chocolat partout !

Comme le téléphone sonnait, il posa la glace

à plat devant moi. Sans hésiter, je m'allongeai sur mon reflet, je crois que c'était la meilleure chose à faire, l'imprégner de mon odeur afin de lui rendre une part de vérité. Ainsi chargée, l'image enfla. Même si je ne pouvais plus la voir, je la sentais, là, juste en dessous de mon ventre. Je me reconnaissais. J'étais très émue d'avoir surmonté cette première tentative de reproduction. Nicolas prit un torchon et m'essuya les babines.

3

Oui, la merveille, c'est moi. À moins que ce ne soit lui. Quelle est cette chose que je sais, et que Nicolas sait aussi ? La question m'obsède. Les réponses sont multiples, à énumérer elles prendraient toute une vie. Un livre y suffirait peut-être. Par exemple : le samedi, mes nouveaux maîtres vont dans un centre commercial avec des tapis roulants et des escaliers mécaniques — c'est là qu'ils achètent les filets de carrelet surgelé. Ils stockent l'eau minérale, les conserves et les produits ménagers au fond du garage. Ou encore : il y a du gros sel dans un verre à moutarde derrière la cuvette des cabinets. Est-ce pour tenir éloigné le mauvais génie de la constipation ? Mme Breton me donne une fois par semaine une cuillerée à café d'huile de paraffine. J'ai beaucoup de mal à me concentrer, et je crois que le récit s'en ressent. Il aurait fallu dès le début procéder à une description minutieuse des lieux, du tapis de coco à la moquette framboise, située à l'extrémité supérieure du pavillon.

L'auteur a-t-il seulement précisé qu'il s'agissait d'un pavillon ? Avec Cathy, je faisais mes besoins entre deux voitures. Les Breton, eux, me lâchent matin et soir dans le jardin. Je n'ose pas m'aventurer jusqu'au fond, après la corde à linge et la deuxième ligne de graviers.

— Allez, Gilda, va toute seule comme une grande, va...

Lorsqu'il pleut, ma maîtresse reste sur le seuil et d'un geste du bras m'exhorte à me soulager au plus loin. Le fils sort avec moi sous la pluie. J'aime l'idée que nous partageons un secret, même si je n'arrive pas à déterminer lequel. Pépère s'obstine à me faire goûter son pastis, une fois par semaine, pendant la messe. Nous avons déjà des habitudes.

4

Je n'ai pas encore parlé de ces bruits qui troublent mon sommeil. Deux mois se sont écoulés depuis mon installation chez les Breton. Nicolas a raison : je m'ennuie.

Lequel des deux phénomènes a précédé l'autre, le bruit ou l'ennui ?

Se sont-ils déclarés de façon simultanée ?

Malgré mon application, mes souvenirs restent confus. J'ai beaucoup de mal avec le passé. Plusieurs cas de figure se sont présentés à mon esprit ces derniers jours, sans que je puisse trancher. Je les cite dans le désordre et pour mémoire, en espérant découvrir un jour la solution : l'ennui a créé le bruit ou l'ennui a été créé par le bruit ou l'ennui est venu apaiser le bruit ou le bruit a repoussé l'ennui...

Les verbes tournent et se cassent, je me trompe dans les temps... Je sais bien qu'il serait préférable, en tout point et à tout moment, de faire confiance à mon instinct — je m'embrouille au premier signe d'abstraction — mais j'aimerais tant accéder à cette forme de pensée qui semble naturelle aux humains les plus bêtes ; j'aimerais pouvoir classer et choisir, déduire, raisonner.

J'essaie. Je me donne du mal. Pour rien.

Au mieux je sens, j'énumère. Je ne suis qu'un carlin.

Je crois que je ne dors pas assez. Le pavillon se trouve sur le trajet d'un autocar. Les vitres d'en bas tremblent, très tôt le matin, avant que mes maîtres n'ouvrent les volets. En fin d'après-midi les trottoirs s'animent, j'entends des voix d'enfants et celles des parents qui les rappellent à l'ordre — mais je ne veux pas parler de ces bruits-là.

Les miens sont sourds, intimes, alarmants.

Ils sont visqueux et pénétrants ; ils m'excitent.

Ils arrivent par vagues, n'importe quand. Les Breton n'y prêtent aucune attention. Comment ignorer ces râles, ces grondements ? L'oiseau lui-même s'arrête de chanter lorsqu'ils se manifestent. La première fois, je me suis réfugiée sous le canapé. Ce fut encore pis : je les reçus directement dans le ventre, ils traversèrent mes poumons, envahirent mon cœur qui se mit à battre trop vite, ajoutant au vacarme, comme pour essayer de les étouffer — et c'est moi qui étouffais, moi qui essoufflée sortis, langue pendante, terrifiée.

Depuis je ne me cache plus. Je m'expose et j'attends.

Parfois j'ai l'impression que quelqu'un m'appelle à son secours. La rue entière vibre sous les plaintes. Une seule question s'impose alors, et de façon pressante : d'où viennent-elles ?

La réponse m'emplit d'effroi : de partout. Chaque mot porte leur empreinte. La maison est un pavillon, comment décrire la situation de façon plus concrète, un pavillon, c'est-à-dire la partie visible d'une oreille qui, plaquée contre la terre, répercute et amplifie les frémissements du monde. Aucun être humain ne semble s'en soucier, personne n'entend, il n'y a que l'oiseau, et moi. Notre responsabilité s'alourdit à mesure que mon ouïe s'affine. Je voudrais être sourde, mais alors qui prendrait ma place ? Le hasard n'admet pas d'objection. Je suis là, je suis obligée. Il m'arrive de regretter la chambre de bonne sous les toits et le grattouillis des pattes de pigeons. Leurs fientes s'accumulaient dans la gouttière. Cathy râlait, ils roucoulaient. La voisine leur donnait du riz en cachette. On savait avec certitude d'où venaient les sons. Au sixième le ciel vous protège, mais en pavillon...

J'ai peur, seule, dans la journée. J'ai peur la nuit, quand les Breton dorment, et nul n'est besoin de reporter la responsabilité sur l'oiseau. Son champ d'action est bien limité, enfermé qu'il est dans sa cage. Il fait au mieux de ses moyens : il compatit. Mais moi qui suis libre de mes mouvements, comment justifier mon apathie ? Ma lâcheté me tourmente. Chaque fois que les plaintes se manifestent, je me dis : cette fois, ma petite Gilda...

Mais déjà le calme revient et Gilda n'a pas bougé, comme paralysée par une force qui la dépasse. Elle en garde un mauvais goût dans la bouche. Ce n'est pas une figure de style, même M. Breton s'en est aperçu : Ta chienne, a-t-il déclaré hier soir à sa femme, ta chienne chérie ramone du goulot.

Jamais il ne s'était exprimé de façon si dure à mon endroit. Mme Breton a protesté. D'abord je n'étais pas *sa* chienne, c'était lui qui m'avait achetée, et puis...

J'ai préféré ne pas écouter la suite. Je n'aurais jamais dû accepter son pastis — et pourtant M. Breton avait raison : le son stagnait dans mon cerveau, il se transformait en odeur, transpirait par mes gencives, se répandait sous mes pattes et c'est mon être tout entier qui peu à peu se décomposait.

À force de faire la morte, je pourrissais sur pied.

Je me demandais, à ce point de fermentation, comment Nicolas pouvait m'adresser si gentiment la parole. Il commentait son courrier à voix haute, m'emmenait dans le jardin, paisible, détendu. Je le suivais, deux pas en arrière, pour ne pas l'incommoder. Il m'attendait. Sa bonté s'abattait sur moi comme des confettis sur la tête d'un orphelin. L'autre jour, il a ressorti le miroir. Je ne voulais pas me regarder, je ne voulais pas voir ce que j'étais devenue, mais il m'a saisie par le collier et j'ai bien été obligée d'obéir.

Il lui arrive de céder à des accès de brutalité, lui d'ordinaire si doux. Les humains sont ainsi, changeants, lunatiques. Nicolas ne me lâcha que lorsque j'acceptai de lever les yeux sur moi-même. Ce que je vis dans le miroir me stupéfia : mon reflet était identique à celui de la première fois.

Comment expliquer ce mensonge? J'aurais dû apparaître grisâtre, rongée, couverte de bave ou de pustules, mais non. Les poils de mon museau étaient toujours d'un noir profond, et le masque se détachait gracieusement sur mon poitrail clair. L'image de Nicolas Breton s'inscrivit à son tour dans la glace. À ce moment précis, les plaintes retentirent. Rien ne bougea dans le visage du fils, sa bouche resta parfaitement immobile, pas une ride ne se forma sur son front.

Ça s'entendait.

C'était invisible.

5

M. Breton est revenu plusieurs fois à l'assaut.

— Écoute-moi ça, Poupette : quinze pour cent du méthane de l'air, lut-il un soir, provient du rot des vaches. Ce gaz à effet de serre augmente de un pour cent par an.

Ses insinuations m'épuisent. Je sais que ce n'est pas pour sa femme qu'il a haussé la voix, mais pour moi, afin de m'humilier devant elle. Je sens de plus en plus mauvais, parfois je n'arrive même pas à mâcher tellement mon haleine me dégoûte. J'avale en retenant ma respiration. Mme Breton à son tour a été contaminée. Elle parle de détartrage, oui, elle n'a plus que ce mot-là à la bouche, dé-tar-trer.

Ils ont téléphoné à Cathy pour lui demander conseil. Je crois que ce n'était pas le moment, l'entretien m'a semblé très bref, à la limite de la correction. Plus tard, M. Breton en personne appela Mrs Smooth. L'Anglaise fut formelle : on pouvait essayer d'enrayer le processus avec des produits adéquats et un brossage régulier, mais rien ne remplaçait en effet un détartrage professionnel sous anesthésie. Il fallait prendre rendez-vous chez *le* spécialiste des carlins, près de Nice. Bien sûr si nous allions en Angleterre elle connaissait aussi quelqu'un…

Est-ce la crainte de l'intervention, ou celle de voir ma couardise mise à nue par le vétérinaire, qui me donnèrent enfin le courage d'affronter mes responsabilités ? Lasse de traîner mon haleine de chien fautif, j'ai décidé de passer à l'action. Chaque jour, je stationne quelques heures dans une partie différente de la maison.

Bientôt, je saurai d'où viennent les plaintes.

Je sens toujours mauvais mais j'ai moins peur. Depuis que je monte la garde, je ne m'ennuie plus.

6

Les toiles d'araignée se détendent sous l'effet des vibrations sonores, les mouches s'y précipitent, les moucherons s'accrochent aux rideaux. Dans les ficus et les bégonias, on découvre une multitude d'insectes minuscules qui vaquent sans compter leur peine, et comme moi se figent au moment où s'élèvent les voix. Et si tout cela n'avait d'autre fonction que de m'obliger à tisser de nouvelles relations ? Lasse de la compagnie des hommes, je vais au plus petit, avec douceur et tolérance. J'écoute. J'apprécie. Je me sens moins seule.

7

Voilà, la technique était bonne. Je sais d'où elles viennent.

8

Au bout d'une semaine, en effet, j'avais compris ce que je croyais être l'essentiel : les bruits émanaient à la fois d'à côté et d'en dessous — réponse plus rassurante que le *partout* d'hier, même si elle laissait encore une grande marge d'erreur possible et un trop vaste champ d'investigation.

Restait à approfondir la question. Il fallait bien commencer quelque part, je me mis à creuser dans le jardin, après la deuxième ligne de gravier. Je le fis de façon discrète, en même temps que mes besoins, un petit motte-à-motte consciencieux à l'abri des buissons. Ma maîtresse nota ce regain de pudeur et le plaça sur le compte de la puberté. Chère Mme Breton, elle n'était pas loin de la vérité : à chaque coup de patte il me semblait grandir, même si physiquement je m'enfonçais. Mon projet se résumait en une intuition : il ne s'agissait pas de creuser profond, mais de creuser juste. À force de sonder la terre, la chape finirait bien par s'effondrer, révélant au monde stupéfait la cause des gémissements. Car telle était ma certitude : il y avait en dessous quelque chose d'important qui devait sortir, quelque chose d'empêché. De quoi s'agissait-il ? Là n'était pas le problème. Mon intervention se situait dans une autre sphère. Une instance supérieure m'envoyait un signe, je répondais à son attente, je remplissais une mission. Pour la première fois de mon existence, je me sentais non pas indispensable (je n'avais pas cette prétention), mais au moins — et peut-être mieux encore — vivante.

Jusqu'au jour où…

C'était un samedi. Comme chaque matin, j'apportais ma modeste contribution à la tentative de libération des plaintes en creusant dans le fond du jardin lorsque soudain j'eus l'impression de m'alourdir considérablement. Je levai les yeux. Une masse sombre bougea au premier étage du pavillon : de la fenêtre des cabinets, M. Breton m'observait avec des jumelles.

Ma première réaction fut de m'allonger dans la cavité naissante, comme pour la protéger de ce regard importun. Je le regrettai aussitôt. Pourquoi se comporter en coupable quand on n'a rien à se reprocher ? M. Breton était un être humain, après tout, capable d'ouvrir une boîte de conserve, de téléphoner à l'étranger ou de conduire une voiture, il avait accès à des systèmes qui me dépassaient et nos efforts conjugués valaient sûrement mieux que ceux d'un carlin tout seul, fût-il de sexe féminin. Je recommençai donc à fourrager de plus belle, pour lui montrer l'exemple. L'effort porta ses fruits, et lorsque je vis mon maître arriver je ne pus contenir ma joie. Je m'élançai à sa rencontre. Il marchait à grandes enjambées en évitant les trous. Mon message avait été reçu : M. Breton portait une pelle rouge calée sur son épaule.

Je ne savais comment lui exprimer ma gratitude. Le museau encore plein de terre, je me frottai contre ses jambes. Un mouvement vif de son pied me remit à ma place.

— Tu vas me lâcher, espèce d'idiote !

J'atterris près du rosier, étourdie et honteuse. M. Breton avait raison, l'heure n'était pas aux effusions. Il n'y avait pas de temps à perdre. Avec une force décuplée je m'attaquai à une touffe d'herbe rase. Les racines résistaient, je crus percevoir un gémissement, on m'appelait, mon maître allait l'entendre enfin, la voix rebelle, les voix blessées...

Le coup s'est abattu. Il m'a frappée une première fois sur la croupe, puis m'a repoussée avec la pelle. Il avait agi très vite, et en silence, pour ne pas alerter sa femme, c'est après seulement qu'il a crié : Mes plates-bandes, une passoire, voilà ce qu'elle en a fait, ta sale bête.

— Ah, quelle sale bête, a-t-il répété pour lui-même.

Lorsque Mme Breton arriva, une bonne moitié des trous étaient déjà rebouchés. M. Breton maniait la pelle avec dextérité et suffisance. Ses chevilles s'agitaient à quelques mètres de moi, je n'avais qu'une envie : mordre cette peau rose et fine d'homme des villes, m'enfoncer dans sa chair, sous les chaussettes tombantes inscrire la marque de mes crocs, mais une douleur aiguë me clouait au sol. J'étais couchée sur le dos, ventre offert, pattes repliées. Les nuages me caressaient de leurs ombres légères. Jamais le ciel ne m'était apparu si proche. C'était rassurant. Il y avait là un monde qui m'écoutait, et que je savais comprendre…

Ma maîtresse se pencha vers moi. Ses yeux étaient pleins de douceur. Son mari lui saisit le poignet et l'obligea à se relever. Il tenait un oignon germé à la main.

— Mon Dieu, dit-elle, une tulipe…

Il n'y avait que de la tristesse dans la voix de Mme Breton, il crut y lire de l'insolence. Il se détourna en soupirant.

Présomptueux personnage… Il tassait maintenant la terre en la frappant avec ses talons. Comme il est facile pour un homme de détruire le travail d'une petite chienne ! Frappe, frappe, pauvre créature à l'oreille déficiente, tu creuses ta propre tombe en rebouchant mes trous. Et tu ne t'es pas demandé pourquoi je fouillais de la sorte ? Non, pas un seul instant tu n'as cherché à connaître le mobile de mon action. Il te faut colmater, voilà le maître mot, mater et colmater. Surtout rester dans ton ignorance. Ah, quel héroïsme ! Mais bientôt les plaintes s'enfleront, et plus personne ne pourra dormir. Il sera trop tard alors, trop tard — il aurait fallu agir au moment propice, diront les experts, comme pour les rots de vaches et les pots d'échappement, au moment propice.

Mme Breton me prit dans ses bras. Te voilà toute crottée, commenta son mari.

— Je te préviens, ajouta-t-il, désormais tu la sortiras dans la rue, elle pissera dans le caniveau, comme les autres clébards.

— Si on a un jardin, rétorqua Mme Breton, ce n'est pas pour… Et puis Gilda n'est pas un clébard.

— Alors c'est quoi, hurla M. Breton, un caméléon peut-être, ou un professeur de chinois ?

Il était devenu très rouge, ma maîtresse n'insista pas. J'aurais aimé la remercier, mais lorsque je voulus le faire elle recula son visage d'un air dégoûté. Cette grimace me plongea dans un état de découragement indescriptible. Je devins toute molle.

9

Il n'est pas digne que je m'oppose à M. Breton, le combat serait par trop inégal : à peine treize livres de matières organiques contre quatre-vingts kilos, et si peu de choses en commun. Malgré cette différence de taille, son univers mental est plus petit que le chas d'une aiguille. Il pique, l'idiot, à l'aveuglette il lance ses banderilles d'enfant gâté. Un sifflement de pétard humide s'échappe de ses lèvres. Serait-ce un soupir ? Non, M. Breton ne soupire jamais, il râle.

Un individu que l'on méprise ne fait pas un bon adversaire. Tôt ou tard on se met à le plaindre. M. Breton souffre d'un double problème de vide et de trop-plein — insuffisance et suffisance notoires de l'esprit qui, ne sachant douter, se conforme aux solutions expéditives dictées par les lois d'une espèce en pleine stagnation. Je n'aimerais pas être à sa place. Il ne mérite pas d'être combattu. Aussi, depuis l'épisode de l'obstruction des trous, n'ai-je manifesté aucune agressivité à son endroit, de l'agacement tout au plus, et de la consternation.

J'ai respiré, je me suis retenue.

Un seul mouvement d'humeur m'a échappé : dimanche dernier, je n'ai pas touché à son pastis. Dommage que ma maîtresse ait épousé un homme si peu gracieux, je commençais à m'habituer au goût de l'anis.

L'accès au jardin ne fut pas interdit, comme le préconisait M. Breton, mais limité strictement à l'évacuation de mes besoins naturels. Il n'était plus question de fouiller la terre, même sous prétexte de recouvrir mes excréments — Mme Breton se révéla d'une entière solidarité conjugale à ce sujet. Son attitude peut sembler contradictoire, elle n'est que logique en vérité ; il faut bien que quelqu'un s'intéresse aux oignons. À chacun son rôle : le couple Breton s'occupe des plantes, je m'occupe des plaintes. Une lettre nous sépare, un bâton vertical surmonté d'un point. Un i fondamental érigé entre eux et moi. L'index de M. Breton.

Le fils fut averti de mes agissements coupables et de leurs répercussions sur les plantations. Il appliqua la règle (ne pas m'envoyer seule dans le jardin) avec une mollesse qui l'honore. Malheureusement, Nicolas se faisait rare et son laxisme ne me fut d'aucun secours. Il passait le plus souvent en coup de vent, ne prenait même pas le temps de me sortir. Pourtant il était bien couvert et mieux chaussé qu'avant. Il portait un nouveau blouson orné d'un P majuscule et un casque rouge en forme de demi-tomate renversée. Son odeur avait changé. Je crus comprendre qu'il travaillait enfin.

Le *enfin* est de trop : là n'est pas mon propos. Serait-ce celui de l'auteur ? J'en doute, et pourtant… Malgré la sympathie que j'ai pour lui a priori, il faut reconnaître que son Nicolas restait aussi étranger que les autres personnages à mes préoccupations.

La terre laissait encore échapper des bruits et il persistait à ne rien vouloir entendre.

Ma détermination ne s'en trouva pas amoindrie : puisque de l'extérieur je n'étais plus en mesure d'accéder aux plaintes, mon attention se reporterait sur le sous-sol du pavillon.

10

La porte de la cave donnait à côté des toilettes d'en bas. Elle n'était fermée que par un simple loquet — simple pour tous, inaccessible pour moi. Patiemment j'attendis que quelqu'un oublie de le repousser. Des bras trop chargés, la sonnerie du téléphone, l'arrivée du courrier : nombreuses étaient les occasions qui pouvaient conduire à une telle négligence. En fin de semaine ma vigilance redoublait, suivant en cela la consommation d'alcool des Breton.

11

L'événement se produisit un mardi.

Le dîner avait été bien arrosé. Trois personnes étaient invitées, des collègues je crois, je n'ai pas compris ce qu'on fêtait. Deux bouquets de fleurs furent offerts à Mme Breton, des roses jaunes — quelle coïncidence —, exactement les mêmes, achetées chez le fleuriste du coin. Ma maîtresse eut la présence d'esprit de les disposer dans des vases très différents et d'escamoter au plus vite le papier et les rubans identiques. M. Breton aurait préféré qu'on leur apportât du vin, il descendit à la cave en bougonnant. L'oiseau avait été relégué sur un des placards de la cuisine. La vaisselle s'entassait. Le repas tirait en longueur. Je m'endormis après le dessert pour ne me réveiller que le lendemain, au départ de mes maîtres.

Comme tous les matins je les accompagnai dans l'entrée. M. Breton était d'une humeur exécrable, le bout de son parapluie me semblait plus pointu que d'habitude. Par mesure de précaution, je gardai mes distances. La maison se referma sur moi, chaude et silencieuse. C'est alors seulement que je vis la porte de la cave : elle était restée ouverte.

Sans réfléchir, je m'engageai dans l'escalier. Une odeur de moisi me sauta à la gorge. Je m'immobilisai un instant, surprise par la violence de ce monde inconnu. Peu à peu mes yeux s'habituèrent à l'obscurité immédiate — au loin il n'y avait que du noir, un puits sans fond d'où montaient d'autres effluves difficiles à identifier. Les marches étaient étroites, la courbe mauvaise. Du mur se détachaient des particules fines et mouillées qui s'accrochaient à mon pelage comme des bêtes avides. Lorsqu'une plaque entière de ces éléments jaunâtres s'abattit sur mes oreilles, je voulus renoncer à mon projet. Je n'étais pas armée contre de telles agressions. Le demi-tour se révéla impossible, plus dangereux même que la descente. Une seconde plaque de salpêtre se détacha au contact de ma queue. En désespoir de cause, j'envoyai mon esprit au pied de l'escalier et ordonnai à mon corps de lui emboîter le pas. Ainsi dédoublée, je repris confiance. Mes pattes avant se posèrent presque sans trembler sur la pierre froide, celles de derrière les rejoignirent bravement. À chaque marche une nouvelle image s'imprimait en moi. Mme Breton me tenait dans ses bras. M. Breton était accusé d'homicide volontaire. Jeté en prison. Mme Breton s'arrêtait devant un trou entouré de fleurs, elle pleurait. Je me faisais de la peine, petit paquet de poils abandonné contre le ventre chaud de ma maîtresse, j'étais morte. Elle m'embrassait.

Ainsi, à force de m'apitoyer sur mon propre sort, atteignis-je sans encombre le sous-sol du pavillon.

La cave était plus grande que je ne l'avais imaginé. Elle se partageait en trois pièces d'égales dimensions. La première était pleine de bouteilles et de vieilles chaussures disposées dans des casiers à claire-voie. La deuxième contenait des meubles de cuisine et un lit-cage replié. Une chaudière monstrueuse était plantée au centre de la troisième. Des flammes jaune et bleu léchaient le verre rebondi de son œil unique. J'attendis que le feu se fût calmé pour émettre une série de grognements. Une voix me parvint presque aussitôt. Une voix qui aboyait.

Quelque chose vivait, là, derrière.

Quelque chose qui me ressemblait.

Encouragée par cette perspective, je contournai la chaudière. Un passage s'ouvrait dans le mur du fond, à côté des canalisations, une bouche d'aération peut-être dans laquelle je me glissai. Non sans peur, non sans peine, mais avec la certitude d'approcher, je me laissai guider par les sons. Mon museau buta contre un objet froid : une grille métallique s'élevait au milieu du tunnel. Je m'appuyai de tout mon poids sur les croisillons. Elle bougea, mais ne céda pas. Je crus entendre un gémissement. Sans perdre plus de temps, je rebroussai chemin pour m'engager à nouveau dans le soupirail, en marche arrière cette fois. Je pris mon élan et d'une croupe résolue vins heurter l'obstacle. La grille bascula. Quelques pas encore et je me retrouvai assise dans la cave du voisin, tout étourdie par l'effort.

Des jappements amicaux saluèrent mon arrivée. Le spectacle qui s'offrait à moi me laissa stupéfaite. Deux chiens se faisaient la cour, deux chiens, ai-je dit, nul doute à ce sujet, munis de tout ce qu'il fallait pour remplir les fonctions dues à leur genre. Ils étaient enchaînés de part et d'autre de la pièce. Celui de droite était plus âgé que celui de gauche, avec des moustaches plus fournies. Ils se ressemblaient beaucoup.

Nous avions à peu près la même taille. Leur robe était unie, d'un marron soutenu. De leurs longs museaux pointus pendaient des langues mauves, non moins longues et non moins pointues. La mienne à côté donnait l'impression d'avoir bouilli trop longtemps. Ronde, feutrée, petite — en un mot ridicule. Je l'enfournai promptement entre mes crocs. Je ne supportais pas l'idée que ces chiens puissent se moquer de mon apparence. J'avais perdu l'habitude de fréquenter mes semblables, je préférais prendre mes précautions. Je n'avais rien à craindre pourtant : j'étais libre, même s'ils étaient deux.

Ils m'observaient en agitant la queue.

Une ampoule pendue à un fil éclairait la scène — une ampoule restée allumée par mégarde, sans doute, à moins que ce ne fût par respect pour les habitants du lieu. Les maîtres ont parfois de drôles d'attentions. Comme je ne bougeais pas, les chiens se détournèrent de moi et dans un mouvement suicidaire s'élancèrent l'un vers l'autre. Leurs chaînes étaient trop courtes pour qu'ils parviennent à se toucher. Quelques centimètres les séparaient. Dressés comme des animaux de cirque sur leur train arrière, ils haletaient misérablement. Qu'avaient-ils fait pour mériter si cruelle punition ? Las de battre l'air de ses pattes griffues, celui de gauche présenta sa croupe. L'autre de nouveau se précipita à l'assaut. Il était très excité. Son collier l'étranglait. Ses yeux exorbités fixaient l'ampoule nue. Dans un cliquetis de métal il retomba par terre et se mit à gémir de cette façon que je connaissais bien. Son compagnon se joignit à lui et s'éleva alors le chant le plus désespéré qu'il me fût jamais donné d'entendre.

Ils n'avaient pas faim, ils n'avaient pas soif. Chacun disposait d'une gamelle, d'un récipient pour l'eau et d'une couverture pliée près d'un tapis de vieux journaux. Dans leur geôle spacieuse, ils pouvaient bouger, gambader presque, ou s'étirer de tout leur long. Pour transformer leur calvaire en retraite acceptable, il aurait suffi d'ajouter un maillon à l'une des chaînes.

Ils me regardèrent d'un air suppliant.

Le benjamin voulant faire bonne mine aboya, comme pour m'inviter à les rejoindre. Je m'approchai. Il semblait sourire maintenant, les commissures des babines tirées vers l'arrière. Je sentis une boule très chaude se former dans mon ventre. L'aîné aussi m'appelait au secours. J'avançai encore. Ma mâchoire tremblait, j'avais du mal à respirer, quelque chose de grave se préparait. On me reniflait. Le plus jeune me mordillait les plis du cou. L'aîné posa son museau sur mon dos et appuya. Sans relâcher la pression, il grattait le sol. J'aimais bien ce contact ferme et régulier. Sans hésiter il me monta — et je ne fis rien pour l'en dissuader. Il s'engagea mal au début, poussa aveuglément sa croupe vers l'avant, trop vite, trop loin, son obstination à travailler le vide était douloureuse. Je corrigeai la position. Un étau se referma autour de mon bassin. L'autre chien dans un effort pathétique pour imiter son compagnon m'entreprit alors par-devant, un instant s'égara dans mon oreille puis, comme je manifestais mon désaccord, chercha le contact de ma langue. Ma première réaction fut de rejeter cette intrusion capricieuse, mais le jeune chien parut tellement désemparé que je me ressaisis aussitôt. Je n'avais pas traversé tant d'épreuves, les longues stations devant la porte de la cave, les coups de pelle, les trous dans le jardin, l'escalier, la chaudière, pour — si près du but — déclarer forfait. Je desserrai les dents et me mis à lécher gentiment le petit cône de chair rose. Une odeur âcre s'éleva. Je revoyais l'Anglaise, ma mère, et ses tétines gorgées de lait. Derrière, ça fourrageait toujours. Soudain, un bonheur redoutable s'empara de mon être. Je me sentis disparaître, comme par magie, m'effacer au profit de l'un, pour le plaisir de l'autre. Je n'existais plus, je n'étais qu'entre deux.

Une ligne, un trait d'union.

Une palpitation.

En moi et à travers moi passait la vie. Je n'essayais pas de la retenir — le moindre mouvement, la moindre crispation et le fil aurait été rompu, l'équilibre bouleversé. Je pensai aux prières de Mme Breton. Chaque soir elle les récitait à mi-voix dans la cuisine. C'était un secret, je crois, encore un, du moins agissait-elle comme en cachette, avec ferveur et jubilation. Je l'écoutais s'épancher au nom du Père, du fils et du Saint-Esprit. Les deux chiens continuaient à s'agiter. Je comblais ces quelques centimètres qui les empêchaient de communier. Je n'étais pas attachée : je faisais le lien. En acceptant de n'être qu'un fragment, j'accédais à des territoires subtils qui jusque-là m'avaient été interdits. Je percevais confusément qu'il fallait être trois pour être seul. Ou peut-être entier. Être pénétrée, doublement pénétrée pour accéder à l'immatériel, et connaître un instant de grâce, de grâce ou de passion. Les mots se plaquaient de façon un peu désordonnée, je n'avais pas l'habitude, pourtant il me semblait que j'étais sur la bonne voie. Je comprenais, ou mieux encore : l'auteur me donnait *l'impression* de comprendre. Je n'étais pas dupe, j'étais complice, habitée par l'inébranlable conviction non plus de remplir une mission, comme hier, mais de tenir ma place. Légèrement. D'être à ma place.

Prise dans un torrent d'oscillations contraires, je jouissais d'une passivité exquise.

Quand l'aîné se retira-t-il ? Longtemps nous attendîmes le moment propice, collés l'un à l'autre sans savoir ce qui nous y obligeait. À l'exaltation commune succéda une période de doute. Le jeune chien avait perdu quelque chose en route, une liqueur visqueuse au goût salé. Il dormait à présent, replié sur lui-même. Son corps était agité de soubresauts. L'aîné était lui aussi redescendu sur terre. Nous nous tournions le dos. Que voyait-il de l'autre côté de la pièce ? Moi, je ne voyais plus rien. J'étais redevenue aveugle, stupide et vulnérable avec ma langue feutrée et mon derrière humide. J'avais envie de remonter à la surface, de retrouver la maison, je voulais entendre l'oiseau. Dans un sursaut d'énergie, j'essayai de me dégager mais rien n'y fit : j'entraînai avec moi mon partenaire, la chaîne se tendit, il gémit en montrant les crocs. Je m'effondrai. J'avais l'impression d'être retournée chez Cathy, j'étais enfermée dans le placard, j'avais très soif. Le désert s'installa en moi, alors seulement nous nous détachâmes.

Aussitôt je le regrettai.

Je partis pourtant très vite, m'engageai dans le soupirail, passai au large de la chaudière et ne m'arrêtai que dans la première partie de la cave des Breton. Un liquide chaud coulait le long de mes pattes arrière. Je m'assis et me léchai. Il y avait du sang. Après une toilette rapide, j'allai inspecter les casiers à bouteilles. Ma maîtresse rangeait là les chaussures qu'elle ne mettait plus. L'une d'elles attira mon attention. Elle sentait le talc et le cuir neuf. Je fus saisie par l'envie d'aller l'apporter aux chiens d'à côté. Je voulais leur donner quelque chose qui puisse me rappeler à eux.

Mon apparition ne les surprit pas outre mesure. L'aîné se contenta de remuer faiblement la queue. L'autre souleva à peine les paupières. J'abandonnai mon offrande près de lui. À l'odeur, il bondit et, introduisant son museau dans l'escarpin, le fouilla avec frénésie. Que cherchait-il ? Il s'enfonçait de plus en plus en émettant de petits grognements de satisfaction. Son compagnon semblait très intéressé par l'objet. Il attendait son tour. L'excitation remontait, et avec elle les gémissements, l'exaspération, les prières...

N'en auraient-ils jamais assez ?

Leur promptitude à me remplacer me laissa rêveuse. J'étais balayée par une simple chaussure — belle leçon d'humilité. Je crus bon de m'éclipser.

12

Ni comme Poussin ni comme Piano. Ni même comme Prestidigitateur.

P comme Pizza.

Nicolas Breton avait en effet trouvé du travail : il livrait des Reines et des Napolitaines, huit garnitures pour le prix de cinq, boisson en sus et piment à volonté. Il me montra sa motocyclette, insecte bariolé aux couleurs de l'entreprise, et me promit de m'emmener un jour avec lui. En attendant, il me fit goûter sa marchandise. La pâte était fade, le fromage ranci — je ne parlerai pas du jambon, cette fine lamelle rose fluorescent qui se racornissait sur les bords dans un nid de sauce tomate acidulée. Me voyant renifler la part de pizza d'un air sceptique, Nicolas n'insista pas.

Outre son matériel de livraison, le fils Breton avait attaché sur le porte-bagages une valise recouverte d'un sac en plastique noir. Il la transporta jusqu'à son ancienne chambre. Elle paraissait très lourde. Je crus un instant qu'il revenait habiter chez ses parents, quel bonheur de le voir tous les jours, de me réveiller en même temps que lui, de lécher ses assiettes — mais non. Après avoir tiré les rideaux et allumé la lampe de chevet, il renversa le contenu de la valise sur son lit. Il y avait là une quantité impressionnante d'objets hétéroclites, de la timbale au coupe-papier en passant par les boucles d'oreilles et les cuillères en argent. Du bout des doigts Nicolas tria les bijoux et en choisit un — une bague très simple qui ressemblait à une alliance — qu'il fit disparaître dans la poche de son pantalon. Un sourire d'enfant se dessina sur ses lèvres. Je voulus participer à sa joie, mais lorsqu'il s'aperçut que je l'avais suivi dans la chambre, Nicolas eut un moment de panique.

— Pourquoi me regardes-tu comme ça ?

Il fourra pêle-mêle les affaires dans la valise, la referma à clef et la glissa sous le sommier, calée bien au fond, près du mur. Nerveusement il effaça les traces de son passage, ouvrit les rideaux, éteignit la lumière et d'un geste mécanique ramassa les miettes de pizza qui étaient tombées par terre. Il remarqua une traînée rouge sur le carrelage de l'entrée et l'essuya avec un mouchoir en papier.

— Foutue sauce tomate, impossible de s'en débarrasser.

Comme il se penchait vers moi, enfin libéré de ses soucis ménagers, je lui donnai un coup de langue sur la bouche. Il fit la grimace, me tira les oreilles, se moucha, regarda vers la chambre et sortit du pavillon, rassuré.

Mme Breton en revenant de son travail ne mit pas longtemps à comprendre l'origine des marques rouges. Elles s'étaient multipliées depuis le départ de Nicolas. Il y en avait dans la cuisine, sur la moquette du salon et même en bas du canapé.

— Pauvre fi-fille...

Elle examina mon postérieur aussi soigneusement que sa pudeur le lui permettait et prit l'initiative de téléphoner ses conclusions à Mrs Smooth. Cette dernière la félicita : je rentrais selon toute probabilité dans la première période de mes chaleurs, il n'y avait pas de quoi s'inquiéter. J'allais boire plus que de coutume, uriner en marchant, les mâles du quartier tourneraient autour de moi et lorsque mes pertes deviendraient plus claires, presque transparentes, mon vagin serait prêt pour l'accouplement.

Mme Breton avait du mal à déglutir. Sa voix se chargea de salive.

— L'accouplement, répéta-t-elle...

— Il serait préférable, renchérit Mrs Smooth, d'attendre un peu pour la reproduction.

J'étais jeune, nous n'étions pas pressés. Plus tard, elle me présenterait son nouvel étalon, Fortune Napoléon de Beauharnais, une créature exquise, une beauté.

Mme Breton n'osa pas demander combien coûtait la rencontre avec Fortune mais promit de me réserver à lui. Sur ce, elle raccrocha et me tamponna le postérieur avec du coton en coinçant ma tête entre ses cuisses. J'avais l'impression d'être une oie gavée à l'envers. Les gestes de ma maîtresse étaient précis, presque solennels. Je regrettais l'admirable frénésie qui avait présidé à mes ébats souterrains. Combien d'heures, combien de semaines passeraient avant que je puisse redescendre à la cave ? Ma maîtresse me déposa dans mon panier. Elle me traitait comme un grand malade.

13

Mme Breton s'impatientait, son mari tardait à rentrer. La maison empestait le choux de Bruxelles. De l'eau coula dans la cuisine. Ma façon d'attendre M. Breton me surprit moi-même. Quelque chose avait changé dans ma perception du temps. Une trinité nouvelle avait pris possession de moi, oui, depuis ma rencontre avec les voisins, je voyais tout en trois. Ce qui m'apparaissait jusque-là comme une décision purement formelle (séparer le passé, le présent et l'avenir) se définissait aujourd'hui comme un acte essentiel de la pensée, indispensable à son épanouissement. Il y avait *ce matin* (le double assaut des chiens enchaînés), *ce soir* — les soins de Mme Breton — et encore *demain*, l'accouplement programmé avec Fortune Napoléon. Cette division donnait naissance à quantité de sentiments jusque-là indifférenciés : la nostalgie et le regret, d'abord, puis dans un registre moins douillet l'amertume, le remords, l'appréhension. J'avais l'impression que mes souvenirs s'organisaient de façon différente dans ma mémoire. Ils ne ressemblaient plus à ces petits canards flottant qui guettent la nourriture, mais plongeaient ou se dandinaient sur le bord du lac, enfin formaient une véritable communauté avec ses prérogatives et ses exigences. Accéder au partage du temps, c'était à la fois renoncer au paradis (la main providentielle qui apporte à manger, celle qui vous désigne comme un être méritant) et pénétrer dans la troisième dimension de l'univers, sa dimension tragique : cette valise hâtivement poussée sous le lit ou le placard fermé par Cathy lors de la visite d'un garçon pressé.

À bien y regarder, je me demandais si le fils Breton n'était pas un de ces amis que les escaliers ne décourageaient pas. Pour travailler aux Pizzas volantes — puisque tel était le nom complet de l'entreprise —, il fallait avoir des jambes solides.

C'était peut-être ça, le secret que je partageais avec Nicolas, les six étages de Cathy montés quatre à quatre.

Ou peut-être s'agissait-il d'une fausse piste parachutée par l'auteur, construction provisoire destinée à détourner notre attention du sujet principal — *JE*, Gilda, en l'occurrence moi.

Je ne comprenais pas cette obstination à développer les personnages secondaires. Sans doute manquais-je de recul pour apprécier l'histoire dans toute sa complexité. Pourquoi l'auteur ne s'était-il pas encore présenté ? Je commençais à m'impatienter. J'aurais aimé qu'il m'explique, qu'il me mette dans la confidence. Sa prétendue discrétion ne me disait rien qui vaille. *JE* devait rester vigilante, ne pas tomber dans les pièges du récit ni prendre au pied de la lettre toutes ses propositions. Certes, l'hypothèse d'une liaison entre Nicolas Breton et mon ex-propriétaire était séduisante. Si elle se confirmait, elle aurait l'avantage d'expliquer comment j'avais atterri dans le pavillon et pourquoi M. Breton m'avait achetée si bon marché. Le fils se serait occupé des transactions. La bague, c'était pour elle, pour Cathy. Elle ne le savait pas encore. Ils emménageraient ensemble. La valise noire, vidée de son contenu, rejoindrait les étagères supérieures du placard à balais.

14

Deux dimanches se sont écoulés depuis ma descente chez les voisins, et personne n'a oublié de refermer le loquet de la cave. Chaque matin, mon désir de revoir les chiens se heurte à une porte close. Le souvenir seul, un souvenir unique, réanimé cycliquement par la perception des plaintes, envahit mon esprit. J'ai la journée entière pour m'y consacrer — alors de nouveau les frontières du temps s'estompent. J'essaie de lutter pour ne pas perdre l'enseignement de ces dernières semaines, ne pas retomber en ignorance, mais le sommeil vient trop vite. Le présent se délave, il passe, s'efface au profit du passé. Les valeurs se renversent. Oui, le présent me semble terne, il manque de corps. Je crois que je recommence à m'ennuyer. Comme pour échapper à cette impression de vacuité, je prends du poids.

M. Breton m'appelle la Grosse d'une voix doucereuse, il est très gentil avec moi en ce moment. Sa femme lui assure qu'elle ne me donne pas plus à manger que d'habitude.

C'est faux, même si elle ne s'en rend pas compte, j'ai toujours faim, je réclame et elle cède. Une croquette par-ci, un morceau de biscuit par-là...

J'ai du mal à me déplacer, les gémissements m'intéressent moins. L'oiseau aussi s'est habitué.

15

Comme mon ventre enflait toujours, on me mit au régime, viande maigre et légumes cuits à l'eau. Mrs Smooth préconisa un jour de jeûne par semaine pour reposer mon appareil digestif. Elle dessina un portrait si terrifiant de mes intérieurs envahis par la graisse que M. Breton s'alarma.

— La Gilda, c'est de l'exercice physique qu'il lui faut.

Avec la bénédiction de sa femme, il décida de me sortir chaque soir avant le dîner. Au début, le moindre obstacle était sujet d'étonnement : les caniveaux, les bruits, les odeurs autour des poteaux, enfin toutes ces barrières matérielles ou immatérielles que mon maître ignorait allégrement. Lorsque je traînais trop, il me portait. Arrivés dans le café (car tel était le but secret de notre promenade), nous nous installions toujours au même endroit, lui près du comptoir, moi sous le flipper — là, il y avait un peu moins de mégots. En fait d'exercice physique, je regardais les pieds des joueurs s'agiter. Au retour, après le carrefour de la République, nous tournions dans une rue sans commerces qui filait tout droit jusqu'au pavillon. M. Breton mâchait du chewing-gum à la chlorophylle pour effacer l'odeur de l'alcool.

Avant le croisement, dans la partie la plus cossue du quartier résidentiel, il y avait un boxer derrière une grille. Je crois que le patron de Mme Breton habitait là, ou son chef de service, enfin quelqu'un qui avait le pouvoir de lui refuser quelque chose. Je passais près des barreaux pour énerver le chien. Il ne supportait pas notre présence sur son territoire. Mon maître prenait un malin plaisir à s'attarder. Il me semble même l'avoir vu tirer la langue en direction de l'animal. Le boxer bondissait.

— Ben alors mon gros père, on a la rate au court-bouillon ?

Je montrais les dents, M. Breton faisait claquer son chewing-gum, qu'est-ce qu'on s'amusait. À ce moment précis — à ce moment seulement — une certaine complicité nous unissait. Parfois un « Zeus ! » retentissant s'échappait de l'une des fenêtres du rez-de-chaussée. Le chien bondissait sur le côté comme pour éviter un projectile. Longtemps après notre départ nous l'entendions encore aboyer.

16

Je les avais presque oubliés. Nous nous croisâmes à quelques mètres de la maison. Ils se précipitèrent sur ma croupe pour la renifler. Je leur adressai une bonne décharge olfactive, témoignage joyeux qui déclencha une salve de gémissements. À ce signal, et de façon absolument simultanée, leurs laisses se rétractèrent. Ils furent tirés en arrière et se retrouvèrent assis sur les pieds de leurs maîtres respectifs, nos voisins.

Eux aussi se ressemblaient.

Celui qui promenait l'aîné des deux chiens portait des moustaches en brosse et l'autre une casquette marron. Mon attention se fixa si bien sur ces accessoires qu'il me serait impossible de procéder à une description plus complète de leur anatomie. De façon générale, il m'est difficile d'apprécier un corps humain en son entier. Je le parcours par étapes, un mollet, puis l'autre, une main, un nez, ensuite je recompose. Je vois moins avec mes yeux qu'avec mon imagination et ma mémoire.

Les voisins, donc, se ressemblaient — c'est-à-dire qu'ils se rasaient avec la même mousse, utilisaient le même savon et s'aspergeaient de la même eau de Cologne. M. Breton les connaissait. Tous trois échangèrent quelques propos sans importance avant d'aborder le sujet qui les unissait :

Nous, les chiens.

M. Breton paraissait très fier de moi. Il déclina mon pedigree en écorchant le nom de ma mère et fit l'éloge de mon intelligence et de ma sensibilité. Les voisins se lancèrent dans une description minutieuse du régime alimentaire de leurs protégés. Prompts à tirer profit du moindre relâchement de leurs laisses, ces derniers amorcèrent un simulacre de copulation qui fut vivement réprimé.

— Je leur presse les glandes, commenta le moustachu un peu gêné, mais rien n'y fait : ils sont obsédés par la chose.

M. Breton s'esclaffa pour mettre à l'aise les voisins.

— C'est l'inceste permanent, ah, ah, ils ne se gênent pas les cabots, ils sauteraient n'importe quoi ! Toujours la goutte de sperme luisant au prépuce…

Pourquoi me regardaient-ils en riant ? Étais-je ce *n'importe quoi* qu'ils évoquaient avec dédain ? M. Breton me prit dans ses bras. Je m'agitai tant et si bien qu'il fut obligé de me reposer sur le trottoir.

— Gilda, dit-il un peu déçu, elle n'aime que ma femme. Il faut les voir toutes les deux, de vraies petites mémères.

Les chiens se frottaient, l'un contre le rebord du trottoir, l'autre contre un poteau. Nous laissâmes parler nos maîtres respectifs. La conversation s'éternisait. Je m'ennuyais un peu. Les chiens aboyèrent, j'aurais aimé que nous soyons dans la cave, entre nous. Pourquoi l'auteur me tenait-il si loin de ma vocation profonde ? Je pensai avec nostalgie à l'ampoule nue et aux chaînes trop courtes. Le mot « chaussure » me ramena à la surface.

— Oui, répétait l'homme au chapeau, dans le sous-sol. Une chaussure vernie, presque neuve, apparue comme par miracle.

17

J'avais préparé un nid à côté des produits ménagers, près du tuyau d'écoulement de la machine à laver. Il y avait là des éponges et de vieux torchons qui, ajoutés aux serviettes en papier rapportées de son travail par Nicolas, formaient un matelas plus douillet que celui de mon panier en forme de cœur.

Je ne savais pas encore ce que j'attendais, mais une chose était certaine : j'attendais.

Je me donnais corps et âme à cette nouvelle occupation. J'étais capable de rester des heures immobile.

Un matin, l'oiseau fit tomber son os de seiche hors de la cage et je compris que le moment était venu. Je le saisis doucement entre mes dents et le déposai sur ma couche.

Je m'allongeai près de lui.

Toute la journée il se tint tranquille, gentiment appuyé contre mon ventre. J'entrepris de lui faire sa toilette avant le retour de Mme Breton. Sa peau râpeuse laissait de petits grains sur ma langue. Une émotion d'une intensité inconnue s'empara de moi. Je ne pouvais plus m'arrêter de lécher. Les particules continuaient de se détacher, il fallait laver, laver encore — je les avalai. L'os de seiche s'amenuisa. Je me demandais si des pattes allaient se dégager de la masse blanche.

18

Je passai les journées qui suivirent couchée sur le flanc, écrasée comme un fruit trop mûr contre les tuyaux. Cet espace gargouillant convenait à mon nouvel état. Ma maîtresse me pinçait les mamelles. Un liquide jaune et visqueux en sortait.

Un soir, n'y tenant plus, elle téléphona à S.O.S. Vétérinaires. M. Breton protesta, pourquoi jeter l'argent par les fenêtres, les conseils de Mrs Smooth n'auraient-ils pas suffi ? Ma maîtresse ne voulut rien entendre. Elle se boucha l'oreille gauche et dans le combiné, plaqué sur une oreille droite écrevisse, exposa mon cas en ces termes :

1) Mon nid était prêt depuis plus d'une semaine.

2) Je n'avais pas quitté la maison au moment de mes chasses, je ne pouvais donc pas *physiquement* avoir été fécondée.

3) J'allaitais un os de seiche.

La standardiste de S.O.S. Vétérinaires accusa cet assaut d'informations avec une courtoisie qui frisait l'indécence et promit de nous envoyer quelqu'un. Mme Breton insista. Elle aurait aimé un premier diagnostic, là, tout de suite, au téléphone. La standardiste avança que j'avais peut-être mangé mes petits, ou alors qu'ils étaient restés coincés. Sur ce, et après les formules d'usage, elle raccrocha.

M. Breton accusa sa femme de m'avoir mise au régime. Dans le meilleur des cas, les chiots étaient nés pendant la nuit, j'avais faim, qu'aurait-elle fait à ma place, elle qui ne supportait pas de sauter un repas ?

Ma maîtresse fondit en larmes. M. Breton la consola. Il fallait être raisonnable, il n'y avait pas lieu de s'inquiéter. Je n'avais pas l'air de souffrir. J'étais même très épanouie, le poil brillant, l'œil aussi vif que possible et la truffe humide.

— Regarde, touche toi-même, elle est mouillée.

Il demanda encore à sa femme pourquoi elle avait insisté sur le fait que je ne pouvais pas *physiquement* avoir été fécondée. Croyait-elle à l'intervention du Saint-Esprit ? Sans transition, il évoqua notre rencontre avec les voisins, et leurs chiens. Comme Mme Breton s'excitait, ça t'aurait dérangé de m'en parler plus tôt, il certifia que ces bâtards en rut ne m'avaient pas engrossée. Il voulut raconter l'histoire de la chaussure vernie découverte dans la cave mais sa femme était déjà partie. Elle revint avec un manuel illustré qu'elle consulta longuement. Au bas d'une page couverte de croquis se trouvait cette information capitale : la durée de gestation des canidés oscillait entre soixante et un et soixante-trois jours.

M. Breton compta sur ses doigts. Sa conclusion fut sans appel. Les chiens des voisins étaient insoupçonnables, les dates ne correspondaient pas.

La thèse de l'Immaculée Conception gagnait du terrain. Mme Breton prit la main de son mari. Son regard se troubla.

Mes maîtres se tenaient toujours la main, penchés au-dessus de moi, ils se taisaient depuis trop longtemps. Leurs souffles chauds stagnaient autour de ma tête. J'avais du mal à respirer. Nous étions pitoyables, tous, Mme Breton et son Saint-Esprit, Pépère et ses petits coups en douce, mon os, moi. Inutile de le cacher plus avant : j'avais fait une grossesse nerveuse. Comme l'expliquerait le vétérinaire, mon affection s'était reportée sur le premier objet venu, cet os de seiche qui de jour en jour s'amenuisait tel un vieux savon. J'aurais aussi bien pu m'enticher d'une bougie, ou d'un gant de toilette.

Une bougie, et puis quoi encore ?

19

Mme Breton eut beau appliquer chaque jour un astringent sur le siège des désordres (ces mamelles congestionnées en proie à une lactation inutile), le lait continuait de couler. Le vétérinaire prétendit qu'il fallait me retirer tous mes bébés potentiels. Malgré ses conseils, Nicolas m'offrit un chiot en peluche, reproduction trop humaine pour m'intéresser vraiment, mais enfin, le geste était là. L'os de seiche retrouva sa place entre les barreaux, près de la mangeoire. Il avait tendance à tomber, chétif qu'il était devenu, aussi M. Breton l'attacha-t-il avec un morceau de fil de fer. L'oiseau aiguisa de nouveau son bec dans les yeux de ma progéniture.

Jamais, ni chez Cathy ni sous les hurlements des Smooth, je ne m'étais sentie aussi seule. Je n'avais même plus la force d'en vouloir à quiconque. Je restais des heures prostrée devant la cage. Mme Breton ne me dérangeait pas. Pas assez. Elle rentrait tard de son travail et s'achetait des corsages d'un goût douteux sans attendre les soldes. Elle était très joyeuse parfois, excessivement volubile.

— Et que dirais-tu d'une petite gâterie ?

La voilà qui m'ouvrait une boîte, en plein milieu de la nuit, elle n'arrivait pas à dormir. Du pâté aux morilles ou de la mousse de foie. Je préfère les croquettes à ces aliments trop mous. Je ne suis pas difficile, lucide seulement : on ne m'achète pas avec des conserves.

Mme Breton se plaint de mon ingratitude. Pour couronner le tout, l'auteur ne me manifeste aucun signe de compassion. Pas un point, pas une virgule qui puisse me laisser deviner qu'il est là, derrière moi, prêt à me tirer du gouffre. Depuis ma descente à la cave, sa présence se fait encore plus légère, sa plume transparente. Les phrases coulent, les chapitres s'accumulent et j'ai peur pour la fin. N'a-t-il pas déjà essayé de me reléguer au second plan de l'histoire, derrière Cathy et Nicolas ? Faute d'avoir réussi à m'évincer, c'est lui qui maintenant s'efface. Tout auteur digne de ce nom aurait profité de mon désespoir pour composer une envolée pathétique, quelques pages bien senties où son âme se serait révélée dans toute sa générosité, mais lui, non. S'il souffrait de mon malheur, il souffrait en silence, pudiquement.

Qui suis-je pour le juger ?

Je ne suis qu'une chienne. Je ne suis qu'un carlin. Une chose de mots. Un geste d'encre. Nicolas fut le seul à noter la gravité de mon état. Si seulement il avait pu écrire au lieu de livrer des pizzas… Lui aurait su dire, et le vide, et la lourdeur, il aurait su me consoler.

Nicolas est arrivé un lundi matin avec une deuxième valise pleine d'affaires et un compagnon harnaché comme lui, casque tomate, baskets, poche isotherme et blouson orné d'un grand P.

— Viens, on va la ranger.

Ils renversèrent le contenu de la valise sur le lit, comme la première fois, et je remarquai, en plus des bijoux, disques et autres babioles, une liasse de billets qu'ils se partagèrent en riant. Le reste fut remis à sa place et repoussé sous le sommier. Comme leurs mobylettes étaient garées devant la maison, je les entendis parler avant de démarrer. Ils se donnèrent rendez-vous à onze heures au Bar de la Liberté et filèrent chacun de leur côté. Le lendemain, revenant chercher quelque chose dans sa chambre, Nicolas remarqua mon apathie. Étant lui-même de fort bonne humeur, il roucoula pour essayer de m'arracher un jappement, sans succès : je n'avais pas le cœur à faire la pimprenelle. Il me caressa, une touffe de poils lui resta dans la main. Son visage se ferma.

Il prit un bout de papier pour écrire un mot à mon sujet et le laissa en évidence sur la table de la cuisine.

À la lecture du message de son fils, Mme Breton s'alarma. Elle appela une nouvelle fois S.O.S. Vétérinaires et demanda qu'on la mît en contact au plus vite avec la personne qui m'avait examinée. Cet énergumène au cœur rétreci me prescrivit des sels minéraux. J'avalai pendant trois semaines de petites tablettes au chocolat, sans autre résultat qu'une salivation accrue et un plaisir trop éphémère. L'os de seiche, à force d'être mutilé et malgré le fil de fer, tomba en deux morceaux qui finirent à la poubelle. Cet accident m'acheva. Je ne mangeai pas pendant deux jours, allant même jusqu'à refuser les tablettes chocolatées. Alors, sans en parler à son mari, ma maîtresse prit rendez-vous chez un psychologue pour chiens qu'elle avait entendu à la radio.

20

À l'odeur, je dus me rendre à l'évidence : il recevait aussi les chats, ce qui me confirma dès notre arrivée dans la salle d'attente que l'individu en question, aussi radiogénique fût-il, manquait totalement de psychologie. Le diffuseur de parfum au pin des Landes ne fit pas un instant illusion. Il ne faudrait pas en déduire que les chats me déplaisent, au contraire : ils excitent ma jalousie. J'aimerais, comme eux, pouvoir sortir par la fenêtre et rebondir sur les toits, j'aimerais regarder les hommes d'un air plein de commisération et fermer légèrement un œil lorsqu'ils m'attendrissent. J'aimerais me prélasser sur les factures de mes maîtres et surtout — surtout — j'aimerais avoir moins besoin d'être aimée. Cela me rend si maladroite… voilà qu'en essayant de lécher les mains de Mme Breton j'ai filé ses collants.

— Une paire toute neuve, Gilda !

Par chance, une autre cliente entra dans la pièce à ce moment-là, ce qui coupa court aux reproches de ma maîtresse. La nouvelle venue captiva notre attention. Elle serrait une cage à oiseaux contre son ventre, une cage recouverte d'une veste de pyjama. De temps à autre elle soulevait une manche. À l'intérieur, ça ne bougeait pas. Mme Breton tripotait sa montre. Elle s'était accordé une demi-journée de congé pour m'accompagner chez le psychologue. Une demie, pas une entière.

Nous avions voyagé en car, puis en autobus, moi dans un panier trop petit et ma maîtresse, comme par solidarité, engoncée dans ce tailleur jaune qu'elle avait acheté la veille — on a longtemps prétendu que les chiens évoluaient dans un monde en noir et blanc mais ce n'est pas vrai, l'auteur s'est documenté, nous voyons bel et bien les couleurs. Le tailleur de Mme Breton était jaune poussin, donc, presque comme son sac à main. Je pensai à Nicolas. Je l'imaginai mangeant une pizza avec Cathy, tenue légère et bague au doigt, mais la porte s'ouvrit et un homme en tablier bleu ciel apparut : c'était à nous.

Après avoir noté nos identités respectives, Henri Gradt, le psychologue, se pencha vers moi. À défaut de divan, il me coucha sur ses genoux et, ignorant ma maîtresse, me demanda ce qui n'allait pas. Mme Breton, se croyant investie du devoir de me représenter, brossa un tableau assez complet de la situation : elle parla de l'haleine fétide, du pastis, des trous au fond du jardin et surtout — nous y venons, docteur, je peux vous appeler docteur ? — du nid sous l'évier, de l'os de seiche et de mes mamelles engorgées. Le psychologue, qui n'était pas plus docteur que moi, écoutait patiemment. De temps à autre il hochait la tête. J'étais toujours sur ses genoux, ce Gradt n'était pas un mauvais bougre, il s'y prenait bien, ne me caressait pas les oreilles, ne posait pas de questions superflues. Lorsque Mme Breton eut achevé son récit, il soupira, un de ces soupirs intelligents qui font plaisir à celui qui souffre. Ne supportant pas le silence, ma maîtresse replongea dans la description de mes dégâts horticoles, exhumant quelques-uns de ses oignons préférés.

— De jolies tulipes rouges et jaunes, mon fils les avait achetées en Hollande…

Le psychologue l'interrompit. Soudain, aussi loquace qu'il avait été muet, il nous expliqua que j'avais dû être victime de quelque déséquilibre affectif important, généré selon toute probabilité par l'attitude (ou le changement d'attitude) d'un des membres de la famille. Une pluie de suppositions s'abattit sur Mme Breton.

— A-t-on bougé son panier de place ?

— A-t-elle été nourrie par un étranger ?

— Votre mari s'est-il absenté ces derniers temps ?

— Et la maison, vous avez repeint la maison ?

Comme toutes ces questions se soldaient par des réponses négatives, le psychologue se frotta le menton.

— On me cache quelque chose, déclara-t-il en se levant, madame, si vous voulez bien…

Je fus reposée par terre, Gradt nous laissait tomber, on nous mettait à la porte… En dernier recours, Mme Breton sortit de sa réserve. Elle demanda à Gradt s'il était homme à garder un secret. Comme il l'en assura, exigence professionnelle oblige, elle balbutia que depuis exactement quatre-vingt-trois jours, elle avait un amant.

Le visage du psychologue s'illumina.

— Je l'aurais juré, s'écria-t-il, notre Gilda souffre de falsification sentimentale !

Sur ce, il glissa ses mains sous mes pattes antérieures, me souleva dans les airs et me colla un baiser strident sur le ventre, entre les mamelles.

21

Ma maîtresse a un amant. J'en restai toute décontenancée. Jamais je n'aurais soupçonné… Et pourtant, si je regarde bien… Si je regarde bien avec mon imagination et ma mémoire, comme pour recomposer le corps des gens…

Mme Breton pousse la porte. Elle enlève son manteau, le suspend, dans un instant elle va me caresser la tête. Les dernières marches de l'escalier craquent. Pourquoi ne vient-elle pas me libérer ? Je suis enfermée avec l'oiseau et la vaisselle qui sèche. Mme Breton passe dans le salon, je l'entends décrocher le téléphone. Elle parle et parle encore, je jappe, je jappe puis, quittant mon coussin, m'élance contre la porte de la cuisine. Je retombe, estourbie.

La clef une deuxième fois s'engage dans la serrure. C'est moi, crie M. Breton. Il me libère, sa femme raccroche. Je me traîne à ses pieds, je ne marche pas droit, j'ai très mal à la tête. Mme Breton est rouge et se justifie.

— J'étais au téléphone avec Nicolas, je ne l'entendais pas bien, enfin je crois que c'était lui qui appelait mais ça a coupé...

M. Breton ne se doute de rien. Il se demande pourquoi Nicolas ne leur présente pas son amie.

— À croire qu'il a honte d'elle !

— Ou de nous, rectifie ma maîtresse.

Je renifle en signe d'approbation. Mme Breton me désigne du doigt.

— Ou d'elle, conclut-elle, oui, s'il ne nous amène pas sa fiancée, c'est sûrement à cause de l'haleine de Gilda.

Voilà qu'ils remettaient ça. À quand le détartrage sous anesthésie ? Plus tard, Mme Breton était allée aux toilettes. Je l'avais suivie, elle m'avait fermé la porte au nez. J'ai entendu le papier se dérouler. Parfois elle me prend avec elle, mais là, non. Je crois qu'elle n'a rien fait, elle s'est contentée de tirer la chasse sur du papier vierge.

22

— Une décalcification sentimentale, répéta Mme Breton, il ne nous manquait plus que ça !

Combien de temps avais-je dormi ? Deux minutes, peut-être dix. Mme Breton s'était affaissée sur sa chaise.

— Force est de constater qu'elle s'identifie à vous, précisa le psychologue en me regardant d'un air amusé.

Je m'ébrouai. Ma maîtresse paya en liquide. Gradt afficha un sourire d'homme repu. Il ajouta, comme si la vue des billets avait provoqué en lui une seconde illumination thérapeutique, que ma grossesse nerveuse réactivait probablement quelque situation douloureuse de mon passé. Il nous conseilla de retourner sur les lieux de ma petite enfance, pour désamorcer de façon définitive ce conflit qui nous empoisonnait l'existence.

— C'est une bonne idée, acquiesça Mme Breton, ça ne me fera pas de mal de respirer l'air de Calais.

Gradt cligna de l'œil.

— Profitez-en, et revenez quand vous voulez, dit-il en nous raccompagnant dans la salle d'attente.

Il fit signe à la femme qui était toujours là, sa cage contre le ventre, de passer dans son cabinet. À ma grande surprise, elle déposa la cage sur une table basse et entra seule dans la pièce.

23

Charly Perce-Neige, le chien personnel de Mrs Smooth, nous accueillit devant le portail. C'était une chose monumentale avec des poils jaunes et gris. De quel rituel barbare était-il la victime ? Il portait autour du cou, masquant son collier, un cadavre de lapin.

— Sit down, Charly, sit down !

Toute à cette vision d'horreur, et à l'odeur pestilentielle qui s'en dégageait, je ne répondis pas aux aboiements du dénommé Charly. Le lapin était solidement attaché par les pattes et par les oreilles. Comme Mme Breton s'inquiétait à son sujet, Mrs Smooth lui expliqua que Charly avait eu le culot de s'attaquer aux lapereaux apprivoisés de la voisine. Il était d'usage au Royaume-Uni de châtier les chiens qui pillaient les basses-cours en les liant ainsi au destin de leur proie.

— Et, croyez-moi, le traitement est radical.

Mme Breton ne paraissait pas conquise par le procédé.

— L'homme qui déguste son civet en se léchant les babines est un mauvais exemple pour le chien, dit-elle avec emphase.

Sa déclaration tomba à plat. Mrs Smooth ne se sentait pas visée : personnellement, elle n'avait jamais mangé de lapin — ni de ces batraciens dont les Français raffolent — et jamais elle n'en mangerait.

Mme Breton, qui ne crachait pas sur les cuisses de grenouilles, accusa l'attaque sans broncher. Charly la bouscula. Troublée par le contact de l'animal, elle marcha dans une gamelle placée sur le pas de la porte. Son contenu resta collé à la semelle.

Nous suivîmes mollement Mrs Smooth à l'intérieur de la maison, Mme Breton et sa chaussure, Charly, son lapin pourri et moi. Mrs Smooth avait préparé du thé. Elle m'offrit un biscuit au gingembre. Je n'en redemandai pas. Charly alla se coucher dans la pièce d'à côté. Je m'apprêtai à le suivre, mais Mme Breton me retint : c'était pour moi que nous étions ici, pour mon bien, il n'était pas question que j'aille faire la sieste. Je m'allongeai aux pieds de ma maîtresse et attendis.

Tout en heurtant les rebords de sa tasse de porcelaine avec sa petite cuillère, ce qui produisait un bruit très énervant, Mrs Smooth monologuait.

— Je mets la dernière main à un ouvrage de référence sur les carlins. Il n'existe rien de tel en Europe, c'est une grande première...

Je dressai l'oreille.

— Il y a tellement de choses à dire à leur sujet. L'origine même du mot *carlin* remplit tout un chapitre ! Savez-vous qu'il vient d'un acteur de la commedia dell'arte, *Carlo* Bertinazzi, qui portait un masque noir pour interpréter son Arlequin ?

Mrs Smooth était intarissable. Il faut reconnaître que, le sucre ayant finalement cédé aux assauts de la cuillère, je prenais plaisir à l'écouter. Elle utilisait un français parsemé de phrases anglo-saxonnes dont j'aimais la musique, le rythme, l'allant. Lorsqu'elle eut fini de boire son thé, elle nous proposa d'aller rendre visite à ses nouveau-nés.

Pensait-elle fourguer un chiot à Mme Breton ?

Cette dernière, échaudée par l'histoire du lapin, lui répondit d'un ton sec qu'elle n'était pas venue jusqu'à Calais pour me rappeler ma grossesse nerveuse. Mrs Smooth fronça les sourcils.

— Je ne vois pas le rapport !

Charly, alerté par ce changement de voix, entra dans le salon en secouant la tête de toutes ses forces. Mme Breton se radoucit.

— Vous ne croyez pas qu'il a compris, supplia-t-elle, on pourrait peut-être décrocher le lapin ?

— Non, répondit Mrs Smooth.

Et, me saisissant par le collier : Allons voir sa mère.

Daphné Lovely Girl me regarda de haut. Son visage était joliment gaufré, son corps bien dodu, je dois admettre qu'elle avait de l'allure. Elle portait des socquettes en sparadrap, socquettes qui devaient l'empêcher de se mordre le bout des pattes. Mrs Smooth lui présenta ma croupe à flairer. Daphné s'exécuta sans entrain. Je suis certaine qu'elle ne me reconnut pas, et pour éviter le fiasco Mrs Smooth m'entraîna dans la pièce où demeurait mon père, Charlemagne de Nacarat.

Ce dernier se montra bien plus empressé que ne l'avait été ma mère. Déformation professionnelle ou affection démesurée ? Il essaya immédiatement de me couvrir. Mme Breton s'interposa. Charlemagne insistait. Alors, Mrs Smooth parut me voir pour la première fois : que son étalon fétiche s'intéresse de si près à ma personne, voilà qui méritait réflexion. Elle m'examina sous toutes les coutures et, poussant un soupir ravi, déclara que je serais bientôt prête pour ma confirmation.

— Sa confirmation, murmura ma maîtresse, mais elle n'a pas été baptisée…

Mrs Smooth n'entendit pas. Dans son livre, on trouverait aussi une multitude de conseils pratiques. Mme Breton voulut oublier sa rancœur et se laissa emporter par le discours enthousiaste de son interlocutrice. Elle savait des choses, il fallait en convenir. N'était-elle pas sur le point de publier ? Bientôt, Mrs Smooth serait Auteur. Elle figurerait au même titre que Proust ou Victor Hugo dans le catalogue des livres disponibles. On la trouverait même dans les bibliothèques municipales. En anglais, expliquait-elle maintenant (et cela ferait l'objet d'une notule au chapitre trois), chien se dit dog.

— Dog, c'est-à-dire God à l'envers, isn't it fascinating ?

Mme Breton ouvrit des yeux ronds.

— En français, bafouilla-t-elle, chien en anglais se dit Dieu à l'envers ?

— Oui, très précisément.

Mme Breton se demandait si Mrs Smooth se moquait d'elle. Dans le doute, elle sourit.

— Seuls les Anglais sont vraiment capables d'apprécier les carlins, poursuivit Mrs Smooth, il y a en eux une laideur qui ne peut nous laisser indifférents. Regardez le duc et la duchesse de Windsor, ils ont beaucoup travaillé en faveur de la race.

Elle nous montra une photo du couple dans un magazine. Ils posaient sur les marches de leur demeure, entourés par une flopée de dogues miniatures.

On sortit des journaux, et encore des journaux. On me compara aux images. Voilà qu'on me décortiquait à présent,
ma face de grenouille

mes yeux globuleux
mon anus découvert
mes extrémités qui ressemblaient plus à des nageoires qu'à des pattes
mes poils qui tombaient toute l'année malgré la levure de bière
et cette haleine, cette haleine…

Ah ! décidément, je n'avais rien pour plaire, mais j'étais tellement merveilleuse, tellement au-dessus des autres chiens…

— La beauté, conclut Mrs Smooth, c'est une question d'éducation.

Puis, plus bas : Il faut avoir la foi pour adopter un carlin, beaucoup de caractère, ou une solide éducation.

Sur ces paroles énigmatiques, les deux femmes se turent. Suis-je aimée pour mes seuls défauts ? Comme le silence s'éternisait, Mrs Smooth se leva. Au moment de passer la porte, ma maîtresse reparla de cette confirmation évoquée quelques minutes plus tôt. La discussion prenait un tour intéressant. Mrs Smooth lui conseilla de m'inscrire au Carlin's Club, c'était eux qui organisaient le mieux ce genre de manifestation. Ils avaient le souci du détail. J'exultais. J'allais enfin vivre un moment historique, un acte qui marquerait mon existence de façon définitive.

— Elle est bien proportionnée, le seul problème, ce sera la langue.

D'après Mrs Smooth, une langue qui pendait pouvait entraîner un refus de confirmation. Je devais absolument la rentrer au moment de passer. S'il faisait chaud, j'étais foutue.

24

Le mouchoir avec lequel je m'amuse n'appartient pas au maître de maison. Je le sais et j'en joue. Ce n'est pas non plus le mouchoir de son fils — Nicolas, qui éternue souvent, utilise la version jetable de la chose, ou les serviettes rouges des Pizzas volantes, serviettes qu'il sort de ses poches multiples comme les foulards d'un magicien.

Le mouchoir en question est parfumé à l'eau de vétiver, Mme Breton le cherche partout, et, comme je le cache, il sent aussi la poussière.

25

On peut être respectée et avoir des moutons derrière les portes. On dirait même que cela va de pair.

Depuis le rendez-vous chez Gradt, Mme Breton néglige son ménage. Elle passe très droite devant les taches. M. Breton ne remarque rien. Est-il lâche ? Est-il aveugle ? Il me semble qu'il est retombé amoureux de sa femme. Comment expliquer autrement son regain de sollicitude ? Il apprécie de façon tout à fait déplacée ses nouveaux chemisiers. Il lui arrive même de la féliciter pour sa cuisine. Comme il s'agit le plus souvent de plats préparés qu'elle achète chez le charcutier, Mme Breton ne remercie que du bout des lèvres.

26

Pour ma confirmation, on m'a offert une laisse et un collier orné de pierres en plastique. La cérémonie se déroulera à Deauville, au bord de la mer. Je m'imagine, avançant dans l'allée centrale du sanctuaire…

Voilà qui occupe beaucoup ma maîtresse : nous devons apprendre à marcher convenablement. Nous nous entraînons dans le couloir, avec demi-tour près de l'escalier, et depuis la semaine dernière nous défilons aussi dans la rue. Nous passons près de la maison de Zeus, le boxer, mais comme par miracle il n'aboie pas lorsque nous nous arrêtons devant les grilles. Lundi soir, nous sommes allées jusqu'au bois. Mme Breton s'entête à porter la même jupe, et surtout les mêmes chaussures que celles qu'elle mettra le jour historique afin que je m'habitue à la hauteur de ses talons. M. Breton s'étonne de la voir sortir dans cette tenue trop élégante. Mme Breton se lance dans les explications, huit centimètres, pour Gilda qui en mesure trente au garrot, c'est plus d'un quart de sa taille…

— Imagine par rapport à ton corps ce que ça représenterait !

M. Breton acquiesce mollement. Sa femme a peut-être raison, en ce qui concerne les chaussures, mais est-ce bien la peine d'y ajouter cette jupe fendue ?

Je partage les doutes de mon maître. Nous nous comprenons de mieux en mieux. Tous les dimanches, c'est avec plaisir que nous buvons le pastis ensemble.

27

Je n'ai plus de lait, mon ventre a repris sa taille initiale. Bientôt, nous irons revoir Gradt pour lui faire part de ces bonnes nouvelles, Mme Breton le trouve charmant. Je crois qu'il y a du nouveau dans ses aventures extraconjugales et qu'elle veut le tenir au courant. Si j'apprends qu'elle y est allée sans moi, elle m'entendra.

Elle y est allée sans moi, ses habits empestent le pin des Landes. Je n'ai rien dit. Je n'ai pas osé élever la voix.

À quoi bon fanfaronner ? J'en ai assez de prétendre. Malgré quelques bons moments, je ne suis pas à mon aise avec Mme Breton. Elle est installée dans un univers à la fois immobile et instable, un univers marécageux. Je ne supporte pas sa façon de parler, sa façon de mentir, je ne supporte plus ses façons. Je déteste par-dessus tout son obstination à me shampouiner une fois par semaine. La cuvette dans laquelle elle m'immerge a des rebords glissants, l'eau est trop chaude, la serviette sent le moisi. M. Breton m'immobilise pendant que sa femme me sèche l'intérieur des oreilles. N'existe-t-il pas des séchoirs silencieux ? Celui de ma maîtresse me perfore les tympans. Si je proteste, elle dit que je suis une mauvaise fille, que j'exagère. M. Breton ne se rend pas compte qu'en vérité elle parle d'elle, et non de moi. Alors je repense aux chiens des voisins. Ils me manquent, j'envie leur position. J'aimerais être dans la cave. Attachée, certes, mais attachée avec eux.

28

Il pleuvait lorsque nous arrivâmes à Deauville. Mme Breton sortit de la voiture en se tenant les bras, comme si le fait de se serrer contre elle-même pouvait l'aider à passer entre les gouttes. Elle se tortilla vers une affichette en forme de flèche accrochée à un poteau et la déchiffra.

— C'est là-bas !

Délivrant sa main droite de sa propre étreinte, ma maîtresse pointa une bâtisse moderne située en bordure de route.

Je m'arrêtai, stupéfaite, près du comptoir de la réception. Était-il possible de célébrer une confirmation dans un endroit aussi peu habité ? Il s'agissait d'un hôtel moderne tapissé de moquette orange, sols et murs — dire d'un hôtel qu'il n'est pas habité peut sembler incongru, surtout en parlant de celui-là dont le hall grouillait de monde, pourtant la formule correspondait parfaitement au sentiment de vacuité spirituelle qui s'en dégageait. Comme je ne bougeais toujours pas, M. Breton tira sur ma laisse. J'émis quelques jappements aigus. Mes griffes s'accrochèrent aux boucles de la moquette.

Je résistai.

Mme Breton me prit dans ses bras. Des enfants qui s'acharnaient sur les poils d'une brosse mécanique destinée à lustrer les chaussures se retournèrent vers nous. Je suis persuadée qu'ils se moquaient de moi.

Ils m'imaginaient dans le rôle de la brosse.

Je les ignorai ostensiblement. Leurs parents se disputaient d'hypothétiques lits, soi-disant réservés par téléphone. La réceptionniste appela le gérant.

— C'est complet, les cabots ont tout raflé, je ne peux pas vous inventer des chambres !

Les Breton s'éloignèrent du comptoir. Ils trouveraient bien tout seuls le chemin — et, en effet, une traînée d'empreintes boueuses nous conduisit sans hésitation vers l'endroit où étaient rassemblés les membres du Carlin's Club.

29

En guise de bénitier, au centre de l'espace s'ouvrait une piscine. La salle était entourée de baies vitrées. Une vingtaine de chiens attendaient aux pieds de leurs maîtres respectifs, eux-mêmes assis autour de petites tables fleuries. Mme Breton inscrivit mon nom sur un registre à l'entrée. La trésorière du club en personne nous expliqua le programme avant de nous accompagner à notre place, près du buffet.

M. Breton inspecta les apéritifs en se frottant les mains.

La confirmation proprement dite s'effectuerait juste avant le repas. Ma déception fut grande lorsque je compris l'objet du voyage : il s'agissait de passer devant un juge qui vous décernait (ou ne vous décernait pas), selon votre conformation anatomique, un certificat d'aptitude à la reproduction. Seuls les chiens sélectionnés étaient autorisés à perpétuer la race — une race pure, réglementaire, avec pedigree, saine émulation, anéantissement des atypiques et affinage à la clef — c'était cela qu'ils appelaient une confirmation.

Voilà pourquoi nous avions fait tant de kilomètres sous la pluie.

Par pure prétention élitiste.

Il n'était pas suffisant que mon ventre soit déshonoré par ces chiffres tatoués, ce matricule indélébile, il fallait encore que l'on me répertorie, que l'on marque mon nom dans un registre pour qu'à tout moment on puisse m'identifier et identifier ma progéniture.

Je regardai les maîtres. Ils buvaient, heureux, entre propriétaires. Les hommes manquent de retenue. Ou alors ce sont des êtres de menue mémoire.

En désespoir de cause, j'essayai de me concentrer sur le spectacle qui se déroulait devant nous. Une certaine Béatrice présentait un hommage à Dalida, la grande amie des carlins. Le micro n'était pas branché, aussi personne ne remarqua les qualités indéniables de sa profession de foi. À mesure que le spectacle avançait, elle reculait vers la piscine. Je m'attendais à chaque instant à la voir disparaître avec sa robe panthère dans les profondeurs transparentes de l'eau domestiquée. Elle chantait en déployant généreusement ses dons, la langue bien appuyée contre ses incisives inférieures, et je songeai à la mienne qu'il faudrait rentrer, mais quand, à quel propos, j'étais perdue, j'écoutai la musique : je m'assoupis.

Une odeur de vétiver me tira de mon sommeil.

Un intrus, juste à côté du buffet.

Seul, sans chien, sans alibi.

Quel culot, le jour de ma confirmation, l'amant de ma maîtresse, en présence de M. Breton ! Il ressemblait au psychologue, plutôt élancé, avec de longues chaussures ressemelées de frais. Deux chaussures bordeaux qui s'attardèrent à mon niveau, je pensai aux plaintes des chiens enfermés, à ces bruits qui faisaient mal par ignorance. Comment M. Breton pouvait-il rester assis ? Je saisis le bas de son pantalon et le tirai. Je reçus une petite tape sur la croupe en guise de remerciement.

Je devais me tenir tranquille.

Une fois encore je déplorai ma condition. Pourquoi fallait-il que je sache toutes ces choses qui ne me regardaient pas, qu'à chaque instant je sente, qu'à chaque instant je perçoive la peur, la sympathie, l'angoisse ou le désir de façon fulgurante, presque douloureuse, et comment exprimer la brutalité avec laquelle les odeurs m'assaillaient ?

Tout allait si vite, le présent même était trop lent. Il aurait fallu inventer un temps, le plus-que-présent peut-être, ou alors renoncer à conjuguer les verbes, les jeter pêle-mêle, à l'infinitif, pour rester au plus près de l'acte, ou encore multiplier les divisions, virgules, points-virgules et points de suspension, ou supprimer ces signes parasites, au contraire, oublier les phrases, les lignes, ne garder que la masse noire des mots et le blanc de la feuille, ce blanc éblouissant...

Voilà que je m'embrouille de nouveau. L'auteur rechigne. Le sujet s'égare, son nez l'empêche de réfléchir — et il lui est impossible de le boucher comme on baisse les paupières devant une lumière trop vive.

Même en fermant les yeux, je voyais tout.

L'amant s'éloigna. Au plus-que-présent succédait un autre temps, lourd et indéfini, quelque chose comme la fausse accalmie de l'imparfait. Mme Breton me caressait d'une main distraite. Je rêvais d'un monde aux parfums flous, d'un flair myope, d'une vie tranquille aux pieds inodores de maîtres effacés. Si mon sens olfactif avait été déficient, à l'égal de celui des hommes, je me serais construit une belle coquille. Alors seulement j'aurais pu développer ces facultés d'abstraction qui me faisaient défaut.

Malgré moi je me retrouvai aboyant encore : l'homme était debout derrière notre table. Mon maître lui tournait le dos. Mme Breton m'abandonna pour aller aux commodités. L'homme, comme je l'avais pressenti, lui emboîta le pas. Je m'élançai à sa poursuite. Dans mon égarement, je pris le chemin le plus court, c'est-à-dire la diagonale, en passant par la piscine.

30

À chaque juge sa petite marotte, celui-là était bon enfant : je fus confirmée sans problème, malgré ma langue, mon ventre encore mouillé et mes yeux qui pleuraient à cause du chlore.

M. Breton m'avait posée sur une table dressée à cet effet et le juge m'examinait. Il vérifia mon tatouage, mesura l'écartement de mes pattes, palpa mon ventre, souleva mes oreilles, déplia ma queue en tire-bouchon, me tapota le haut du crâne et, comme tout semblait à sa place, demanda à ma maîtresse de me faire marcher. Ce fut une catastrophe. Mme Breton s'emmêla les pieds dans les câbles de la sonorisation et faillit s'étaler sur les enceintes. Deux propriétaires attentifs à ses talons la rattrapèrent de justesse. La laisse m'étrangla — impossible de retenir ma langue —, je bavai un peu. Malgré cet incident, donc, le juge apposa sa signature au bas d'une feuille qu'il faudrait renvoyer quelque part, avec une enveloppe timbrée et un chèque. Il n'était pas suffisant d'avoir passé l'examen avec succès, nous expliqua la trésorière du Carlin's Club, encore fallait-il obtenir par écrit confirmation de la confirmation.

— Rien n'est simple, dit M. Breton.

— Rien n'est gratuit, rectifia Madame, furieuse de s'être ridiculisée devant son amant. Mon plongeon dans la piscine avait mis un point final à leur tentative d'escapade. La majorité des chiens avait été acceptée. Tout cela n'était pas très gratifiant. Le seul qui pouvait s'enorgueillir était celui qui, classé premier, avait reçu son CACIB, Certificat d'aptitude au championnat international de beauté. Il défila entre les tables avec la Dalida de service, transformée pour l'occasion en dompteuse. Une double rangée de paillettes mettait en valeur la peau très blanche de son décolleté. Ça sentait la poudre et la naphtaline. Quelques convives un peu éméchés sifflèrent, nous nous manifestâmes mollement — les carlins ne sont pas de grands aboyeurs, ils jappent plutôt, ou grognent comme des cochons asthmatiques, encore une chose à inscrire sur la liste de nos aimables défauts. L'élu que ce remue-ménage semblait déranger s'abandonna sur un pilier. Il s'agissait d'un animal très arrogant à la robe noire lustrée. Les adultes qui l'accompagnaient ne valaient guère mieux. Blonds, décontractés et déjà bronzés malgré la pluie incessante.

31

Au mois de mai était né Nicolas. Pour une fois il accepta de venir fêter son anniversaire chez ses parents avec — comment faut-il dire, demanda Mme Breton au téléphone, ta fiancée, ta copine, ton amie ?

Cathy, pensai-je, il faut dire Cathy…

— Elle s'appelle Sonia Potemkine, répondit Nicolas.

Sonia Potemkine, il ne manquait plus que ça ! N'aurait-il pas été plus judicieux d'exploiter les ressources des femmes en présence, en l'occurrence celles de Cathy, ma Cathy, ses placards et ses six étages ?

Sans qu'aucun intérêt personnel soit en jeu et au risque de me répéter, cette inflation de personnages m'inquiète. Au commencement nous étions trois, combien sommes-nous aujourd'hui à nous partager ces pages ? L'auteur, non content de mélanger les genres, prend un malin plaisir à brouiller les pistes. IL (ou peut-être ELLE, je n'ai pas oublié l'erreur de la première phrase) multiplie les rencontres. Un bataillon de protagonistes, se greffant au trio initial, engorge l'histoire : en vrac Mrs Smooth, Henri Gradt, Charly et son lapin, mes parents, l'amant, l'os de seiche, les voisins, la chaussure vernie et j'en passe…

Est-il indispensable d'élargir à ce point mon champ de vision, et pour en revenir aux prémices de cette réflexion, ne serait-il pas possible de nous arranger entre nous, d'oublier Sonia, d'adopter Cathy ? Puisque l'auteur s'obstine à rester en lisière du récit, j'aimerais bien qu'il arrête d'imaginer à ma place. Aussi, très simplement, je me permets de proposer le déroulement suivant :

— Nicolas épouse Cathy.

— M. et Mme Breton divorcent.

— Je m'installe à la cave, chez les voisins.

Cela n'étant qu'un squelette, bien entendu, appelant anecdotes et pensées afférentes, de la chair, des muscles et de la peau.

Voilà. Exit Sonia Potemkine. Arrivée triomphale de Cathy dans le pavillon. Il fait beau,

Mme Breton a préparé un barbecue, son mari attise le feu. Je m'allonge sur les graviers, ces petits cailloux qui grattent un peu. Mes maîtres parlent de moi, ils racontent ma confirmation, les traces de boue sur la moquette et mon plongeon dans la piscine. Cathy m'observe, elle dit que j'ai changé, pas grossi, non, changé. Nicolas ne la quitte pas des yeux.

32

— Le chien est une fenêtre qui ouvre sur l'autre monde, proclama Sonia Potemkine en vidant son verre de vin blanc.

Nicolas acquiesça. M. et Mme Breton échangèrent un regard complice : Sonia avait une bonne descente.

Comme il pleuvait toujours — un printemps pourri, on ne le répétera jamais assez, le record des précipitations —, Mme Breton avait décongelé un saumon au lieu de faire griller des brochettes dans le jardin. La bouteille de champagne était vide, le moka encore au frais avec ses bougies et son inscription tremblotante.

— Le chien est un signe de ponctuation entre les êtres, ajouta Nicolas en se resservant du poisson.

Voyant que son fils s'y mettait aussi, M. Breton ne voulut pas rester court.

— Quand ma femme se promène avec Gilda, renchérit-il, les gens se retournent. Le mois dernier, avant la confirmation, elles sont allées au bois. Cette idiote a reniflé un teckel qui attendait, planté à côté d'une fille…

M. Breton interrompit brusquement son récit : il venait de recevoir un coup de coude dans les côtes. Comme Nicolas le suppliait de poursuivre, pour une fois qu'on s'amuse à la maison, son père affirma qu'il n'y avait plus rien à dire, que l'histoire s'arrêtait là, sans chute. Mme Breton satisfaite disparut dans la cuisine. M. Breton en profita pour conclure à mi-voix.

— C'était une professionnelle, la femme du bois, et elle a demandé à ta mère de payer parce que Gilda avait flairé le troufignon de son teckel !

Sonia Potemkine me regarda d'un air malicieux. Elle se pencha vers moi et me caressa. Je remarquai qu'elle ne portait pas la bague que Nicolas avait prélevée dans la valise. L'aurait-il vraiment offerte à Cathy ? Je reprenais espoir. Lorsque ma maîtresse apparut avec le gâteau d'anniversaire, la conversation retomba. Les bougies furent soufflées en plusieurs fois, je soupçonne Nicolas d'avoir simulé son malaise. Je crois qu'il voulait rentrer chez lui au plus vite, je ne me sens pas très bien, dit-il, ce sont les allergies, le pollen, il y a trop de vert ici, j'ai l'impression d'étouffer. Avant de quitter le pavillon, il insista pour montrer sa chambre à Sonia. Je les suivis. Dès que la porte fut refermée, ils s'allongèrent tous les deux par terre. Je crus un instant qu'ils allaient me faire définitivement oublier Cathy, mais non : ils se détournèrent l'un de l'autre et plongèrent sous le lit. Nicolas dégagea la plus grande des deux valises, Sonia aussitôt l'ouvrit. Elle en tira un paquet qu'elle dépiauta avec minutie. Il s'agissait d'un vase ancien en pâte de verre.

— Il est signé ! s'exclama-t-elle.

Nicolas lui sauta au cou. Il avait l'air heureux. Sonia surprise lâcha le vase qui se brisa sur le coin de la table de nuit.

— Mais qu'est-ce que vous fabriquez ? cria Mme Breton.

Nicolas passa la tête dans le couloir et répondit d'une voix trop ferme que la lampe de chevet était tombée. Sonia fixait ce qui restait du vase comme si, par la seule force de sa volonté, elle pouvait l'amener à se reconstituer.

M. Breton frappa à la porte juste au moment où Nicolas finissait de repousser la valise sous le lit. Sonia, prise de court, s'assit par terre, sur les débris. Elle portait une robe assez ample. M. Breton avait envie de parler. Pendant toute la conversation, Sonia afficherait un sourire sans ombre malgré les morceaux de verre qui, je l'apprendrais plus tard, entraient doucement dans sa peau.

33

Une fois encore, je comptais pour du beurre. Sonia Potemkine existait bel et bien avec son sourire généreux et ses petites égratignures, il n'était plus possible de l'effacer. En vérité, ce n'était pas l'arrivée de Sonia qui me dérangeait, mais sa conséquence immédiate : l'éloignement probable de Cathy.

Pourquoi me manquait-elle soudain ? J'avais beau me rappeler qu'elle m'avait fait souffrir en m'enfermant dans le placard, je n'arrivais pas à lui en vouloir. Je crois que je commençais à l'idéaliser. Je revoyais ses yeux clairs, j'entendais sa voix, cette façon de m'appeler en mettant l'accent sur la première partie de mon nom, comme pour ne pas m'alourdir, ne pas m'obliger. Lorsqu'elle dînait seule à la maison, Cathy me prenait sur ses genoux. Je finissais son assiette.

Ici, c'est toujours les Breton qui rongent les os, et moi, bernique !

Il n'est même pas question que je monte sur une chaise — quant aux restes, n'en parlons pas : le gras du jambon et les croûtes de camembert se retrouvent à la poubelle, emballés dans du papier d'aluminium pour que je ne puisse pas les récupérer. On pense à tout chez les Breton. On pense même à mon apport en protéines : chaque jour, j'ai droit à un steak haché de cheval. Ai-je l'air si fragile ? Je ne comprends pas cette obstination à me mâcher le travail.

34

— Une chienne, manger du cheval, tes parents ont de ces idées ! s'exclama Sonia en lisant les recommandations de Mme Breton.

Nous étions au mois d'août.

35

Les Breton sont partis en vacances la semaine dernière — ils sont partis seuls, c'est-à-dire sans moi. Je garde la maison avec Nicolas et sa camarade — je ne l'appellerais pas sa fiancée, rien dans leur comportement ne laisse supposer un tel engagement. À mon avis, il s'agit plus d'une association que d'un couple.

Sonia Potemkine a adopté la chaise longue du jardin et y reste des heures à lire ou à rêver. Je crois que c'est à cause de cette chaise longue, et de sa place sous le cerisier, qu'elle a proposé aux Breton de s'occuper de moi et d'arroser les plantes en leur absence.

— Je vous assure, ça ne me gêne pas du tout…

Nicolas eut l'air surpris.

Sonia aime la position allongée. Elle passerait ses nuits à compter les étoiles filantes si Nicolas ne venait pas la déranger en rentrant des Pizzas volantes — car Nicolas ne travaille plus que le soir maintenant. À regret, elle quitte la Voie lactée. Ils s'assoient face à face dans les grands fauteuils du salon. Elle écoute d'un air amusé le compte rendu des livraisons. Nicolas décrit avec minutie ses clients. Son sens du détail me réjouit. Comment peut-on percevoir tant de choses en quelques minutes ? Même en restant sur le seuil d'une maison, il devine ce qui se cache à l'intérieur. Il a élaboré une théorie à ce sujet. L'entrée d'un appartement est le reflet fidèle de l'esprit de son habitant, dit-il, et la façon d'ouvrir la porte, en regardant par le judas, ou sans regarder, la manière de se protéger, de donner un pourboire ou de ne pas en donner, de l'avoir préparé à l'avance, de vérifier le contenu du paquet, jusqu'aux ingrédients disposés sur la pâte (qui faisait, elle, l'objet de tous les commentaires, trop fine pour les uns, trop épaisse pour les autres, chacun ayant sa référence, son image idéale), tout cela constituait de précieux outils de connaissance.

Lorsque Nicolas a terminé son récit, Sonia l'embrasse sur les deux joues et va se coucher dans la chambre des Breton. Elle se réveille très tôt, avant le passage du premier autocar. Elle s'installe sur la table de la cuisine et commence à travailler. Sans boire, sans manger, et sans jamais m'adresser la parole. Elle remplit des pages et des pages d'une écriture serrée. J'ai l'impression qu'elle recommence chaque jour la même démonstration, avec la même concentration que lorsqu'elle observe le ciel. Je me couche dans un coin, derrière elle, pour ne pas la déranger. Je regarde son dos, ses épaules qui remuent à peine. Quand enfin elle s'étire, je sais que je peux bouger. Je vais renifler les feuilles qu'elle a jetées par terre. La finesse de son écriture m'étonne. Que de ce grand corps sortent des choses aussi petites, et que ces choses aussi petites parviennent à capter aussi longtemps son attention : voilà qui me fascine.

36

Chaque matin j'attends ce moment où Sonia Potemkine s'installe dans la cuisine. J'aime la voir écrire, alors elle disparaît et je me glisse en elle, je la remplace. Je pense parfois à Mrs Smooth et son livre sur les carlins. Je n'arrive pas à l'imaginer, assise à une table, immobile et patiente. Peut-être enregistre-t-elle ses observations, et quelqu'un d'autre les retranscrit-il. En fin de matinée, Sonia range ses papiers dans le placard à linge, sous les draps et les torchons repassés, puis elle va réveiller Nicolas. Elle fait beaucoup de bruit en préparant le café, laisse siffler la bouilloire, ouvre les robinets à fond, alors seulement il quitte son lit. L'après-midi se déroule entre la chambre du bas et le jardin. Nicolas sort souvent avec le même collègue. Les amis sont rares au mois d'août. D'autres valises ont été déposées. Sonia semble s'y connaître en antiquités. Parfois je l'entends discuter au téléphone. Elle est très ferme sur les prix. La place manque sous le lit — Nicolas en attendant le retour de ses parents a investi la table de la salle à manger. Il y a là un arsenal impressionnant de boîtiers et d'objectifs photographiques. Je me demande si le fils Breton n'est pas en train de se reconvertir. Je l'ai entendu dire à Sonia qu'il n'allait pas toute sa vie travailler aux Pizzas volantes. Je l'imagine sur les routes, grand reporter à mobylette, et moi dans le side-car. Sonia rédigerait les légendes…

Comme j'aimerais partir en voyage avec eux ! Je ne connais rien du monde, à part Calais et ses environs. M. Breton me manquerait un peu mais Madame, non, je me passerais très bien d'elle et de son amant. Encore une fois, il ne s'agit pas d'un jugement moral de ma part, Mme Breton est libre de ses sentiments. Je lui en veux simplement de m'avoir mise dans la confidence.

Je n'aime pas partager ce secret-là. Il m'embarrasse. Quelle attitude adopter vis-à-vis de M. Breton ? Je préfère être dans le camp de celui qui est trompé plutôt que de celui qui trompe. Cela convient mieux à mon tempérament.

37

Qui les avait prévenus ? Ils déménagèrent tout le 12 août, valises, objectifs et appareils photo. Tout, sauf quelques débris du vase bleu, oubliés sous la table de nuit de la chambre à coucher. Nicolas fut arrêté le lendemain. Ses parents rentrèrent de vacances en catastrophe. Le pavillon est resté plusieurs jours sous surveillance. Sonia a affirmé ne rien savoir des activités diurnes de Nicolas et ignorer la provenance de ces petits bouts de verre coloré qui semblaient retenir l'attention des policiers. J'ai admiré son aplomb. Elle me caressait gentiment en parlant, ses mains ne tremblaient pas, elle récitait un texte appris depuis longtemps. Peut-être était-ce cela qu'elle composait jour après jour dans la cuisine, sa déclaration d'innocence.

M. Breton a très mal supporté la nouvelle. Il cache son désespoir derrière une agressivité qui me bouleverse. Il traite son fils unique de sagouin, de petit voyou. Mme Breton baisse les yeux. Sonia essaie de tempérer ces élans destructeurs.

— Il voulait probablement redistribuer l'argent aux pauvres, avance-t-elle d'une voix douce, ceux qui n'ont même pas de quoi s'offrir une part de pizza…

La culpabilité de Nicolas se confirmant — on avait retrouvé un passe dans son casier — Sonia revint à la charge. Il ne fallait pas parler de vol, mais de transfert d'objets. Le but de Nicolas n'était pas de s'enrichir. En effectuant ses livraisons, il avait accès à de nombreux renseignements, adresses, codes…

M. Breton l'interrompit. Nicolas s'était trompé de pigeons. S'il se prenait pour Robin des Bois, il aurait dû chercher une place chez un traiteur de luxe.

Sonia bafouilla. Après quelques détours, elle affirma que parmi les clients de Nicolas il y avait beaucoup de jeunes gens des beaux quartiers qui, lassés des papillotes aux deux saumons, escalopes zébrées et autres préparations fines, s'encanaillaient à commander des pizzas par téléphone. Aucune famille démunie, argumenta-t-elle, n'aurait l'idée de se faire livrer de la nourriture à domicile.

Mme Breton hocha la tête en signe d'approbation. Sonia s'enflammait. Ces fils à papa, renchérit-elle, souffriront-ils vraiment de la disparition d'une infime partie de leurs possessions ? L'accumulation d'objets, comme le surplus de nourriture, nuit à la santé. Ils sortiraient de l'aventure allégés, sans aucun doute, et avec le sentiment délicieux d'appartenir à leur siècle.

M. Breton n'avait pas la patience de sa femme. Il n'écoutait déjà plus depuis un moment. Il préparait sa phrase de rupture. Dès que Sonia Potemkine se tut, il lui donna cinq minutes pour plier bagage.

— Vous n'avez qu'à rejoindre Nicolas en prison si vous trouvez honnête de cambrioler des gens qui n'ont rien demandé à personne !

Comme Sonia essayait encore d'argumenter, il faut remettre en circulation tout cet argent mort, M. Breton la traita d'idéaliste, et dans sa bouche le mot sonnait comme la pire des insultes.

— Votre place n'est pas au sein de notre famille, conclut-il, vos propos salissent l'ensemble des Breton.

Sur ce, il quitta la pièce d'un pas décidé. Mme Breton le suivit, je suis désolée, dit-elle, si ça ne tenait qu'à moi, puis elle essaya de raisonner son mari mais il ne voulut rien entendre. Une porte claqua. M. Breton montait l'escalier. Sonia Potemkine jeta un coup d'œil vers le jardin. À sa façon de regarder la chaise longue, je compris qu'elle reviendrait un jour s'allonger sous le cerisier.

M. Breton réapparut avec des sacs en plastique contenant les vêtements de Sonia. Il n'était pas question qu'elle reste à se tourner les pouces dans le pavillon, pas question qu'elle continue de vivre à leurs crochets, profite de la situation, enfin toutes ces choses qui alimenteraient les conversations futures du couple.

Sonia ne toucha pas aux sacs en plastique, comme si le contact des mains de M. Breton avait pu rendre ses affaires inutilisables. Elle n'emporta que ses papiers, qu'elle alla chercher dans le placard à linge. Je me glissai entre ses pieds lorsque, d'une voix digne, elle remercia mes maîtres pour leur hospitalité. Devant la cruauté de M. Breton, j'étais incapable de contenir ma tendresse. J'aimais Sonia. Ma décision était prise : je ne la laisserais pas partir seule, toutes les deux nous marcherions sur les traces de Nicolas, la tête haute, car ma place n'était plus dans le pavillon : les Breton n'auraient qu'à assumer entre eux les conséquences de leur geste. Gilda ne serait pas là pour les consoler. Elle allait partir, elle et ses ongles noirs, ses poils perdus, son haleine et ses ronflements. Ah ça, il n'y aura plus à se plaindre, plus à se moquer. Dans la rue l'air est chaud, chez eux les murs empestent. Sonia Potemkine tendit la main. Seule ma maîtresse accepta de la serrer. J'allais franchir le seuil, pour la dernière fois sentir le paillasson, la dernière fois descendre les deux marches. J'entendais Sonia respirer, une feuille couverte de ratures glissa par terre, j'essayai de la ramasser, elle m'échappa, Sonia se baissa, nos destins étaient liés désormais et, dans un sursaut de pitié, je me retournai vers mes anciens maîtres.

M. Breton s'approcha de moi. Il me souleva comme on relève une mèche qui tombe dans les yeux. La porte d'entrée se referma sur Sonia Potemkine.

38

Seule je restai avec eux.

39

La guerre était déclarée. Afin de signifier ma décision de poursuivre le combat engagé par Sonia, je me soulageai à l'intérieur de la maison, et pas n'importe où : sur la descente de bain, pendant que Mme Breton prenait sa douche. Malheureusement, mouillés pour mouillés, ses pieds ne sentirent pas la différence. Le samedi suivant, je passai au stade supérieur. Je m'abandonnai sur le couvre-lit — un abandon magistral, ferme à souhait, qui, pensais-je, entraînerait une punition non moins magistrale : peu importait la douleur, dorénavant, les Breton n'étaient plus mes maîtres. Ils pourraient me battre, ce ne serait que des coups. Je voulais souffrir. Être rejetée, à l'égal de ma chère Sonia.

J'attendis, mais rien n'advint que du très ordinaire, une cigarette allumée, un four qui chauffe, des légumes épluchés. La riposte tardait à venir. Je perdais foi en ma capacité de déclencher les hostilités. Quoi de plus décevant qu'un ennemi qui lambine ? En désespoir de cause, je me grattai dans la cuisine, devant la porte ouverte du réfrigérateur. Mme Breton me poussa doucement dans le couloir. Elle parla de collier anti-puces. Se moquait-elle de moi ? M. Breton remarqua enfin l'étron fétide que j'avais déposé au centre du lit conjugal. Il fit part de sa découverte à sa femme. Je me tenais prête à recevoir ma correction, bien calée sur mon postérieur. Comme je l'avais imaginé, M. Breton vint me chercher. Alors, une chose redoutable se produisit : il me prit dans ses bras et se mit à me consoler. Il me disait que c'était fini, que plus jamais ils ne m'abandonneraient pendant les vacances, que partout ils se débrouilleraient pour m'emmener. Comme j'avais dû souffrir avec cette illuminée de Sonia Potemkine ! Pauvre Gilda, murmurait M. Breton, et j'avais envie de lui répondre : pauvre M. Breton...

40

Je fus réveillée en sursaut par quelqu'un qui prononçait mon nom. Je me levai et sans attendre quittai la cuisine. En m'approchant, je reconnus le timbre nasillard d'Henri Gradt.

Que faisait-il ici ? Étais-je si mal en point qu'il avait été obligé de se déplacer ? J'entrai sans bruit dans le salon. M. Breton était assis sur le canapé. Seul. Il me tournait le dos. De son corps immobile sortait la voix du psychologue.

Je contournai le canapé. M. Breton ne bougea pas. Il semblait très intéressé par ce qu'il entendait — Gradt passait à la télévision. Je n'avais pas rêvé : il parlait de moi.

— Cette Gilda, disait-il, me rendit visite à la suite d'une grossesse nerveuse. Une détresse intense se lisait dans son regard. Je la couchai sur mes genoux, comme je le fais souvent avec mes clientes de petite taille, et peu à peu je sentis son corps se détendre. Sa maîtresse, une femme charmante au demeurant, était assise de l'autre côté du bureau. Après une demi-heure de bavardages inutiles, elle nous révéla enfin le nœud du problème : elle entretenait une relation extraconjugale depuis plusieurs semaines. Gilda s'endormit aussitôt après la confession de sa maîtresse. Aux dernières nouvelles, elle se porte à merveille. Je laisse au spectateur le soin de tirer les conclusions…

Comment osait-il ? N'avait-il pas promis à Mme Breton de garder le secret ? Ce Gradt avait un toupet de tous les diables, M. Breton était d'accord avec moi, il se leva très calmement d'abord puis, la stupéfaction cédant place à la colère, se mit à frapper le haut de l'écran avec le plat de la main. L'image, qui sautait jusque-là, devint plus nette. Une jeune femme en robe courte, la journaliste probablement, se tenait allongée sur un divan. Elle parsemait les indiscrétions du psychologue de nombreuses locutions affirmatives.

— Je pourrais vous citer bien d'autres exemples, poursuivit Gradt, qui confirmeraient, s'il en était besoin, la sensibilité extrême de nos compagnons. Les chiens sont très conformistes, comme les enfants, ils n'aiment pas que les choses bougent, non, ils n'aiment pas voir les choses bouger…

La journaliste annonça la fin de l'émission. Des images de truffes en gros plan envahirent l'écran. Le psychologue présenta le programme de la semaine suivante. On parlerait de l'odorat des canidés. Le nez du chien, disait-il, contient deux cent vingt millions de cellules olfactives, contre cinq millions pour l'homme, sans compter les détecteurs à infrarouges. La journaliste le remercia. M. Breton se rassit dans son fauteuil et, s'apercevant enfin de ma présence, se mit à crier comme un malade.

Je fis semblant de ne pas comprendre l'objet de son exaspération et continuai tranquillement à mâchouiller ses lunettes.

Était-ce ma faute s'il les laissait traîner sur la table basse, ma faute si Mme Breton racontait n'importe quoi à n'importe qui, et si ce n'importe qui ne savait pas tenir sa langue ? Je me réfugiai sous le canapé pour échapper aux assauts de M. Breton. Il s'allongea à plat ventre et essaya de m'attraper en balayant l'espace avec sa main, mais il ne récolta que des moutons et une crampe qui l'obligea à se retirer en jurant. Je prenais un malin plaisir à tordre, écraser, serrer et serrer encore les branches, puis les verres, je me vengeai consciencieusement. Ces lunettes avaient un drôle de goût, elles étaient chaudes et liquides, un peu salées, je crois que je m'étais coupée, ça saignait mais je ne souffrais pas. Je mastiquais, recrachais et mordais encore, je pensais à Sonia Potemkine et à sa façon d'écrire, penchée sur sa feuille, sa façon de s'évanouir en laissant des traces. L'encre séchait. Une croûte se formait à l'endroit des signes, le papier cicatrisait. Le balai de M. Breton me délogea et, abandonnant l'objet de notre désaccord, je sortis de ma cachette pour recevoir ce que je méritais : une volée en bonne et due forme.

J'étais enfin l'égale de Sonia. Une page était tournée. Je perdis connaissance.

41

S'étant libéré sur moi de son agressivité, M. Breton afficha devant sa femme un calme effrayant. Je ne l'aurais pas cru capable d'une telle maîtrise de soi. Il dressa la table en silence, trop lentement, il y avait du monde à dîner. Lorsque Mme Breton lui fit remarquer qu'il avait oublié la sous-nappe, il enleva couverts, assiettes, verres et serviettes avec la même pesanteur, les posant sur le buffet avant d'étaler sous la nappe en coton celle en plastique qu'il lissa avec minutie du plat de la main.

On me donna à manger très tôt, comme pour se débarrasser de moi. J'eus du mal à avaler, ma langue avait doublé de volume. Je me forçai un peu. Mme Breton ne s'était pas étonnée de mon état — au prix où sont les lunettes, tu l'as bien cherché. Un gant d'eau froide sur mes yeux avait eu raison de ma syncope.

Je ne comprendrais que plus tard la sévérité de Mme Breton. Elle n'était pas d'humeur à me plaindre ce jour-là : son fils avait refusé de la recevoir au parloir. Pourquoi M. Breton avait-il renvoyé Sonia ? Mme Breton regrettait de ne pas être intervenue de façon plus énergique. Nicolas ne lui pardonnerait jamais. Il n'avait même pas accepté le paquet qu'elle avait préparé pour lui. M. Breton le déballait maintenant que tout était prêt, rangeant dans les placards cake, chaussettes, Cotons-Tiges et plaquette de chocolat. Quand chaque chose eut regagné sa place, il s'assit devant la télévision et attendit.

La sonnette de la porte d'entrée retentit. M. Breton sortit de la penderie deux sacs de voyage qu'il traîna jusqu'en bas. Il fit entrer les invités, ils étaient quatre, un couple et leurs filles aux cheveux nattés.

— Montez, montez, ma femme est à la cuisine...

Le couvert n'était mis que pour cinq personnes — alors seulement je compris que M. Breton n'avait plus l'intention de dîner chez lui.

42

Ce qui suit ne mérite pas long développement. À peine un mois après le départ de son mari, Mme Breton reçut un homme à l'intérieur même du pavillon.

Il ne sentait pas le vétiver. Il sentait le canidé.

Et pas n'importe quel canidé : Zeus, l'affreux boxer du bout de la rue.

L'homme siffla. La bête accourut.

Je commençais à m'attacher au premier amant, son parfum de racine et ses chaussures bordeaux, aussi la plaisanterie me parut-elle de fort mauvais goût. D'autant que ce n'était pas une plaisanterie, l'homme avait l'air sérieux. Il embrassa Mme Breton avec fougue. Sans délicatesse aucune lui frictionna les seins. Là, dans l'entrée, sa main disparut sous sa jupe et, la soulevant, fourragea au niveau de l'entrejambe. Le pire, c'est que Mme Breton protestait et qu'il n'en faisait aucun cas. Il poursuivit son investigation sous son corsage tandis que Zeus, sans doute inspiré par l'exemple de son maître, paradait autour de moi.

Torse bombé et ventre creux, il était parfaitement ridicule.

Ses lèvres ressemblaient à des morceaux de poulpe. Je regardais ces excroissances rose et noir bringuebaler au-dessus de ma tête. Des filets de salive se formaient aux points de jonction, des filets élastiques, légèrement irisés. Je n'avais jamais remarqué ça ailleurs, cette intrusion du maritime dans un corps de chien.

Profitant de l'excitation de Zeus, je l'obligeai à tourner plusieurs fois sur lui-même avant d'attraper un petit bout de ces lèvres étranges entre mes dents. Ça glissait, je serrai un peu. Le boxer bondit en hurlant à la mort. J'aurais aimé garder la chose plus longtemps en bouche, pour me faire une idée précise de son goût et de sa texture, mais je dus rester sur ma faim. Zeus se mit à gémir. Son maître abandonna ses malaxages. Comme d'un geste du bras il lui signifiait de l'attendre à l'étage, je me postai sur la troisième marche de l'escalier. Il n'était pas question que ce culturiste visqueux aille baver sur la moquette, fouiner dans ma cuisine, renverser la poubelle — pis encore —, qu'il bouscule la cage et se venge sur l'oiseau...

Non, il n'en était pas question. Répondant à mes avertissements, Zeus le frileux aboyait en retroussant ses morceaux de poulpe. Je grognai pour le dissuader d'approcher, défendant âprement je ne sais quoi, mon honneur probablement, ou celui de M. Breton, peut-être celui du premier amant. Le ton montait ; Mme Breton rajusta son chemisier.

— Mais attachez donc votre clébard, ordonna-t-elle, attachez-le !

L'homme riait. Il trouvait très drôle qu'un avorton de mon acabit tienne tête à son chien.

C'est qu'elle serait mauvaise, répétait-il — et de m'exciter en sifflant entre ses dents, comme s'il rêvait de me voir passer à l'attaque. Dans le but unique de le contrarier, et non par couardise comme il le prétendrait par la suite, je me tus en le fixant de mon regard le plus dédaigneux. Mme Breton profita de cette accalmie pour me saisir par le collier et m'entraîner dans la cuisine. Zeus nous suivit en trottinant. D'un coup de langue, il rafla la totalité de mes croquettes. Quel culot ! Je crus que j'allais le tuer. Je m'élançai, l'homme intervint cette fois, sa voix avait changé.

— Une vraie teigne, disait-il en protégeant sa créature…

Mme Breton victorieuse sourit à son tour, mais c'est tout de même moi que l'on enferma. Zeus se promènerait en liberté, et je retrouverais ses traces jusque dans le placard de la chambre conjugale. En attendant, je soulageai ma colère sur le sac à provisions de Mme Breton. Il contenait un paquet de farine. L'homme partit plus vite que prévu, j'entendis Zeus aboyer encore, son odeur resterait longtemps dans le pavillon.

Une odeur de viande crue qui me donnait mal au cœur.

Je regrettais l'ancien amant, *mon* amant, celui qui m'avait sortie des eaux de la piscine. Pourquoi ne l'invitait-elle pas à la maison ? Je crois que je faisais encore une fixation, comme avec Cathy. Il faut toujours que je rêve ailleurs.

43

Le prestige de Sonia Potemkine s'accrut, proportionnel à son absence — et son absence bientôt se transforma en omniprésence, comme si le temps était capable d'inverser les éléments de l'histoire. Depuis quelques jours, en effet, j'avais l'impression de voir Sonia partout, je la quittais dans le jardin pour la rejoindre devant la porte de Nicolas, elle se cachait derrière les mots, disparaissait aussi vite qu'elle était apparue, toujours rêveuse ou concentrée, toujours insaisissable. Mme Breton ne s'apercevait de rien. Alors, ce qui n'était qu'une intuition devint une certitude.

Comment pouvait-elle être ici, sans l'être ?

À ma connaissance, il n'y avait qu'une seule façon de répondre à cette question. Je devais me rendre à l'évidence. Il me fallut longtemps avant d'oser formuler ce qui suit.

L'auteur, c'était elle.

L'idée me bouleversa. Comment n'y avais-je pas pensé plus tôt ? J'eus l'impression que toutes ces heures passées sous le cerisier, ces longues heures de solitude et de silence enfin trouvaient un sens. Elles s'incarnaient, et le corps c'était moi. Je contenais le livre. J'étais le lien entre la plume et les mots.

Non sans une certaine fierté, je me mis à vivre pour Sonia. Dans mon exaltation à la satisfaire, je m'offrais à son récit, en quelque sorte je posais, et cela me rendait un peu gauche, comme empruntée. Je renversai plusieurs fois mon bol d'eau. Ma maladresse m'exaspérait. Je compris très vite que je me trompais de chemin. Je ne pouvais pas être en même temps la chienne des Breton et le personnage de Sonia. Il y avait forcément un décalage, un gouffre entre moi et moi-même dans lequel je risquais de tomber si je confondais les deux. Seul l'auteur avait le pouvoir de m'inventer. Je n'étais rien sans ses yeux.

C'est alors que je commençai à redouter Sonia Potemkine.

Ma peur se cristallisa un soir, je n'arrivais pas à dormir, j'avais trop chaud. Elle se résumait en trois phrases, trois phrases qui en boucle se répétaient : je suis à sa merci, je suis ce qu'elle veut, *JE* suit — et ce glissement d'une personne à l'autre correspondait si peu à ma nature profonde que je ne savais plus où me mettre pour y échapper. Je me tournais et me retournais dans mon panier. J'étais prisonnière. Depuis plusieurs mois, Sonia me manipulait à loisir. Je n'étais pas son âme, immatérielle et sacrée, j'étais sa matière première.

Une convention.

Un sujet responsable du verbe et de ses compléments, certes, mais dominé par l'auteur.

Le sujet de Sonia Potemkine, autant dire son objet, sa chose, son brimborion.

Un bruit me fit sursauter. Mme Breton se levait pour aller boire un verre d'eau. Sonia était capable de tout. Qu'allait-elle imaginer, dans quels méandres s'enliserait mon existence ? Je me voyais, patte levée, aux ordres du nouvel amant, ou ficelée comme un lapin autour du cou de Zeus...

Sur ces images terrifiantes, je m'endormis.

Au matin, je regardai l'oiseau. Sa permanence était rassurante. Gradt avait raison : j'étais une enfant, j'avais besoin de stabilité affective. Il me fallait du temps avant d'accepter les changements. L'auteur se révélait enfin, j'avais du mal à l'adopter tel qu'il était, mais bientôt je ne pourrais plus le voir autrement. Pourquoi le nier ? J'aimais Sonia, depuis le premier soir je l'avais aimée. N'était-ce pas un privilège que d'avoir été choisie par elle ? J'allais devenir un livre. Des centaines, peut-être des milliers de lecteurs partageraient une certaine affection pour la Gilda de Sonia Potemkine. Sans rien connaître de leur existence, je serais attachée à eux comme j'avais été attachée à Sonia pendant son séjour chez les Breton. L'auteur, en écrivant mon nom, n'avait d'autre prétention que de tisser des liens, et ainsi de rendre la vie supportable.

Cette pensée me réconforta. Il n'y avait rien de machiavélique dans la démarche de Sonia. Pourtant, quelque chose encore me tourmentait. Il me semblait qu'elle s'était trompée de sujet. Faire parler un chien, voilà qui manquait d'originalité. Je m'entendais, utilisant les locutions canines avec une malice déplacée. Les écueils étaient innombrables — les clichés pullulaient, se regarder en chiens de faïence, être malade comme un chien, dormir en chien de fusil, avoir un caractère, une vie de chien, sans compter les locutions trop humaines pour ne pas plonger le lecteur dans la consternation, jouer des coudes, prendre ses jambes à son cou, sauter à pieds joints, autant d'expressions qui, venant de moi, rendraient le texte ridicule.

Je ne pouvais pas la laisser continuer. Il fallait que je persuade Sonia Potemkine de ne pas signer ce livre. Ou de l'écrire de manière différente. Je ne refusais pas d'apparaître, au contraire, mais en tant que contrepoint, comme complément. Oui, je voulais bien tenir la place de faire-valoir que me destinaient déjà ces dames de la cour d'Angleterre. Et, dans le rôle principal, il n'y aurait pas à chercher loin. Pourquoi Sonia ne raconterait-elle pas les aventures de Nicolas ? Un jeune homme, ancien chômeur, aujourd'hui livreur de pizzas, entre par effraction dans l'intimité de ses clients. Excellent. Social. Éternel. Prétexte à tous rebondissements.

Restait à trouver Sonia Potemkine, et à la convaincre.

44

En désespoir de cause, Mme Breton m'emmena à la messe. Lorsqu'elle me laissait seule le dimanche, je cassais tout et souillais le reste — et s'il n'y avait rien à casser, rien à salir qui en valût la peine, je me retournais contre moi-même, je me grattais jusqu'au sang. Depuis que sa fonction m'avait été révélée, Sonia ne m'était plus réapparue, même en rêve. M. Breton n'avait pas donné signe de vie. Je ne supportais plus l'odeur du pavillon.

Nous arrivâmes un peu en retard — Mme Breton avait tenu à me brosser avant de partir, l'église n'était pas un endroit où l'on venait perdre ses poils. Elle s'assit dans un coin désert, en plein courant d'air, et déposa mon panier derrière un pilier. Malgré sa discrétion, deux habituées se redressèrent pour la saluer. Mme Breton s'absorba dans la contemplation des vitraux. Elle m'avait préparé un petit somnifère, au cas où. Elle n'aurait pas à l'utiliser.

J'aimais le parfum lourd de l'encens, la voix du prêtre, le son un peu décalé du guide-chant. Je me sentais très calme. La tentation était grande d'appartenir à ce monde clos où chaque chose semblait à sa place, chaque geste réfléchi, chaque parole répétée. Un instant je pensai me réfugier dans l'église, ici personne ne viendrait bousculer mes habitudes. Je ne voyais aucun obstacle à ma vocation. J'étais pauvre, détachée du monde matériel — détachée même de mes maîtres. J'avais le goût du sacrifice et de la mortification, le sens du dévouement. J'avais en outre une expérience charnelle de la trinité, depuis ma visite dans la cave des voisins, connaissance que bien des fidèles auraient pu m'envier.

Il était facile de se cacher dans l'église. J'avais repéré l'endroit où était rangée la crèche de Noël, il y avait là une montagne en carton-pâte, creuse selon toute probabilité, ainsi qu'une multitude d'objets et de tentures qui, bien organisés, formeraient une niche des plus confortables. Je regardais dans cette direction par la fente de mon panier lorsque je compris que je faisais fausse route. Le bonheur n'était pas sous la montagne, ni avec le bœuf et l'âne, mais derrière encore, près du confessionnal.

Je me savais depuis longtemps des dispositions pour la religion ; ce que je découvris dépassa mes espérances : une porte s'ouvrait sur le côté de la nef. Une porte qui, légèrement, battait.

Je m'efforçai de ne pas bouger. Même quand le prêtre agita cette clochette au tintement si aigu que tout le monde baissa la tête, je restai immobile, aussi Mme Breton ne pensa-t-elle pas à attacher le couvercle de mon panier. Au moment de la communion, après son départ dans la travée centrale, je me glissai jusqu'à la porte. Quelques pas à peine, et j'étais dehors.

Séparée des Breton. Dans la rue. Libre.

Une impression de vacuité m'envahit. Quels étaient ces mots, à quoi rimaient-ils, et pourquoi se réjouir quand on n'a plus rien à perdre, plus rien à gagner ? La présence d'un clochard, assis sur les marches de l'église, me redonna du courage.

J'étais seule, mais je n'étais pas la seule.

Il semblait là depuis longtemps. À ma grande surprise, il tendit dans ma direction une demi-boîte vide qui sentait encore le camembert — c'était un homme organisé, il ne mendiait pas à même la peau. J'admirais sa façon de se tenir très droit, les yeux fixés sur la fenêtre du deuxième étage de l'immeuble d'en face, comme si cette coupelle, au fond, ne le concernait pas. Son geste me fit douter de mon apparence.

— Une petite pièce, juste une petite pièce…

Il insistait. Un instant je voulus croire que je m'étais métamorphosée ; j'essayai de répéter ce mouvement que j'avais vu effectuer par mes maîtres successifs, plonger une main dans une poche incertaine et en tirer de la monnaie, mais le miracle n'était pas à l'ordre du jour : je ne réussis qu'à me prendre les pattes dans ma laisse et, perdant l'équilibre, attirer l'attention d'un père de famille et de ses enfants.

— C'est quoi, ce machin ?

Le plus jeune garçon pointait son index vers moi.

La voix de l'homme se perdit. J'aurais aimé entendre la réponse. J'étais quoi, c'était quoi, ça ?

45

J'attendis la sortie de la messe, cachée derrière une palissade. Mme Breton m'appela, mais plus elle insistait, plus la perspective de sentir ses mains sur mon ventre me faisait horreur. Une de ses amies qui portait un béret enfoncé jusqu'aux yeux prétendit que je regagnerais sans peine le pavillon — et d'ailleurs, il était bien possible que j'y sois déjà.

— Quelle idée de l'avoir emmenée, dit sa voisine, l'église, tout de même, ce n'est pas fait pour les chiens !

Ça rit, ça se trémousse, seule Mme Breton reste de marbre. Voyant sa mine penaude, la femme au béret poursuit son idée — et d'énumérer les exemples d'animaux qui rentraient chez eux sans l'aide de personne, parcourant les centaines de kilomètres qui les séparaient de leurs maîtres. D'autres habituées se joignirent à elle pour la rassurer. Ce qu'elles ne savaient pas, c'est que Mme Breton n'était plus ma maîtresse.

L'heure du déjeuner approchant, le groupe se disloqua et je pus à loisir explorer mon nouveau territoire. Combien de jours s'étaient-ils écoulés depuis le renvoi de Sonia Potemkine ? Deux semaines, peut-être trois. Je comptais sur ma bonne étoile pour la retrouver. Dès qu'elle me verrait, moi, Gilda, la vraie, celle qui grogne et se frotte, son personnage s'effondrerait. Aucun être de mots ne résiste à l'épreuve de la chair. Elle me serrerait dans ses bras. Je l'aiderais à construire une autre histoire. Ensemble nous irions rendre visite à Nicolas en prison, elle lui raconterait les derniers épisodes de son livre, au besoin il compléterait. Le fils Breton a le sens de l'observation. C'est un véritable héros populaire.

Les trottoirs étaient étroits autour de l'église, et les angles nombreux. Je les reniflai un à un, mais aucune piste claire ne se dessina.

Je décidai de procéder de façon systématique : je partirais d'abord dans un sens, tout droit, puis revenant à mon point de départ reprendrais la direction opposée. En déviant ainsi chaque fois d'une rue, il me semblait impossible de ne pas tomber un jour ou l'autre sur l'odeur de Sonia. Ainsi avais-je procédé pour la localisation des plaintes, avec patience et obstination. J'avais confiance en moi, en mes détecteurs infrarouges et mes deux cent vingt millions de cellules olfactives.

Pour mon premier tour d'inspection, mes pas

me conduisirent jusqu'aux grilles d'un grand jardin. Les gens me regardaient d'un drôle d'air, je ne comprenais toujours pas ce qu'ils me trouvaient de si étrange. Il me fut difficile de tenir le cap à cause des pelouses interdites. On me siffla plusieurs fois alors que j'essayais de les traverser, par bonheur mon format modeste me permettait de me réfugier dans les buissons. Ce n'était pas cet idiot de Zeus avec son corps d'athlète et ses aboiements compulsifs qui aurait pu vagabonder comme ça. Je le revoyais, tournant autour de sa queue tronquée, espérant me séduire en m'offrant ses lèvres poulpeuses. Je me demandais si les voisins venaient promener leurs chiens ici. Un chemin de mousse me conduisit en haut d'une butte. À force de marcher, je reprenais peu à peu possession de moi-même. Mon corps engourdi par les années de vie domestique se réveillait au contact de la nature — une nature apprivoisée, certes, mais néanmoins plus riche en sensations que la moquette framboise de Madame ou le dessous de flipper de M. Breton.

Une plate-forme en terre battue couvrait le promontoire. Je m'approchai du bord, près, si près du vide que je fus obligée de m'allonger pour ne pas tomber. Mon collier me serrait un peu, j'avais du mal à déglutir. Je me faisais des émotions d'hôtesse de l'air, toute molle j'étais, assez heureuse de dominer mon petit monde. Il y avait beaucoup de poussettes en contrebas, des enfants à vélo, et des crânes plus ou moins chauves penchés sur des pages imprimées. Beaucoup de chiens aussi, tenus en laisse comme il se doit, des chiens en tout genre. L'idée que l'on puisse par cette syllabe unique désigner des êtres de physionomies et de caractères si dissemblables me laissait perplexe. Si l'on s'arrêtait aux seules oreilles on découvrait les choses les plus extravagantes. Il y avait le modèle roux en poches de pantalon retournées, celui qui se dressait au moindre chuintement, celui encore, moins vif, dont le pavillon était rose comme une peau de bébé — sans oublier les oreilles rondes et duveteuses des chiots, si douces et si chaudes qu'elles donnaient envie d'y passer l'hiver, de s'en capuchonner. Et puis, à l'autre bout, il y avait les queues : battantes, rabougries, touffues, amputées, cinglantes, entre les jambes ou en trompette, dégoulinantes de poils ou sèches comme des bâtons, généreuses, empruntées, ratatinées, les queues qui accrochaient les excréments, par pudeur ou paresse, parce qu'elles ne se levaient pas assez haut, et les autres qui largement dégageaient le siège, les royales, les républicaines, les révolutionnaires et les flegmatiques, et ensuite il aurait fallu parler du reste, de la longueur des pattes, de la forme des coussinets, et dire que tout ce monde-là pouvait allégrement copuler et donner naissance à d'autres chiens encore, avec une queue et des oreilles inédites, voilà qui me paraissait le plus étonnant, que nous soyons si différents et tous compatibles, comme des livres dans une bibliothèque, tous susceptibles de nous aimer.

Alors je voyais les hommes.

Ils semblaient tellement proches les uns des autres, physiquement parlant, et pourtant se comportaient comme si un essaim de guêpes invisibles les séparait depuis toujours. Je ne comprenais pas cette distance. Ce manque de curiosité. Je regrettais que les Breton ne m'aient pas emmenée plus souvent au parc, il y avait là tant à apprendre.

Au détour du chemin qui redescendait vers le kiosque à musique, une sculpture de bronze retint mon attention. Il s'agissait d'un ours qui dansait avec une petite fille. Sonia Potemkine aurait pu être là, sur le banc, près de la statue. C'était un coin pour elle. Je décidai de rester un peu, en observation. Une vieille dame trop bien mise vint s'asseoir. Elle parlait toute seule de ses problèmes de robinet.

— Quand ça goutte pas d'un côté, ça fuit de l'autre, et quand ça fuit pas de l'autre…

Parfois, elle regardait vers le massif de fleurs roses dans lequel je m'étais couchée et me prenait à parti. C'était assez désagréable. Je fis semblant de ne pas l'entendre. Je crois que je m'assoupis. Je fus réveillée par la faim. Le parc était vide. La nuit tombait.

46

Le lendemain matin, je retrouvai sans peine le chemin de l'église et, selon mes plans, m'engageai dans l'avenue opposée. J'avais bien digéré le morceau de sandwich aux rillettes abandonné dans le coin du jardin réservé aux joueurs de boules. Il n'y avait plus de gardien pour me déranger : j'avais mangé, tranquillement installée près de la fontaine, sur la pelouse.

Malgré mes réticences à réintégrer le monde de la rue, la soif de Sonia m'avait donc conduite hors du parc. L'avenue était assez large. La foule du matin n'avait pas la même précision que celle de l'après-midi. Je n'intimidais personne. À plusieurs reprises, des passants s'intéressèrent à moi, ils m'auraient bien kidnappée, ou revendue à quelque laboratoire pharmaceutique en quête de cobayes — c'était la hantise de Mme Breton, que je me perde et qu'on me découpe, pour le bien de l'humanité. J'avais chaque fois adopté la même technique pour tempérer leurs ardeurs : dès qu'ils essayaient de m'approcher, je me dirigeais d'un pas décidé vers un immeuble, n'importe lequel. Si le porche était fermé, je m'arrêtais devant et, fixant un point au loin, attendais un maître fictif. Ce subterfuge m'évita bien des embêtements. Le passant s'en allait. Je soupirais. Je n'avais pas oublié que je portais un tatouage sur le ventre qui me liait à mes origines plus sûrement que ma laisse ou mon collier — à propos de laisse, j'avais compris pourquoi les gens me regardaient d'un air bizarre. Ils ne le faisaient pas pour moi, comme je l'avais cru au début, ni pour ce que j'étais devenue, mais pour ce qui me manquait : un maître accroché au bout de la laisse. Le plein n'intéresse personne, c'est l'absence qui saute aux yeux — rares sont ceux qui remarquent la cheville parfaite de l'unijambiste.

J'attirais l'attention par défaut.

À l'heure du déjeuner, la rue se remplit d'indifférents. Je me forçai à boire un peu d'eau dans un caniveau.

Quelques faux espoirs, nulle trace de Sonia. Je n'avais toujours pas atteint le quartier des pavillons. Ici, les parfums se répétaient, identiques, d'un pâté de maisons à l'autre. Boulangerie, boucherie, café, primeurs, encore un café, une pharmacie, parfois un teinturier ou un coiffeur, plus rarement une cordonnerie. Souvent des banques — mais les banques sentent le chien, celui qui monte la garde.

L'avenue s'arrêtait devant des grilles. Les grilles du jardin. Je ne voyais pas par quel miracle, ayant pris la direction inverse de celle empruntée la veille, j'avais pu aboutir au même endroit.

47

De nouveau près de l'église, quelques jours plus tard, je reconnus la voix du mendiant. Il demandait toujours l'aumône. Comme il n'y avait personne d'autre que moi aux alentours, je respirai à fond et m'arrêtai devant lui. Il tendit sa main, sans me toucher. Je m'approchai encore. Ses doigts caressèrent le haut de ma tête. Il parut surpris, promena son index sur mon dos, l'introduisant entre les plis, comme s'il me cherchait les tiques, puis le porta à son nez pour le renifler. Alors seulement, je compris ce que j'étais la seule à ne pas avoir vu : l'homme était aveugle.

Je m'assis sur les marches, un peu honteuse. J'avais envie de lui venir en aide, de quelque façon que ce fût, mais il ne semblait pas persuadé de la nécessité de m'avoir à son service car il me chassa en fouettant l'air avec sa canne blanche. L'idée de me rendre utile, de lui faire traverser la rue, par exemple, ou même simplement de lui tenir compagnie, m'aurait pourtant soulagée d'un grand poids. Ne m'avait-on pas tout offert jusqu'à présent, nourriture, soins, logement ? Cette situation me dérangeait. Je me sentais redevable. Je m'imaginais déguisée en saint-bernard, avec des glaçons dans les moustaches et un tonnelet d'eau-de-vie autour du cou. Je voulais avoir charge d'homme.

Il commençait à pleuvoir. Sans plus s'inquiéter de moi, l'aveugle remballa ses affaires et alla se réfugier sous le porche central.

48

Jour de pluie, jour misérable. Le monde tourne à l'hostile, même en rasant les murs on reçoit les gouttières. Les restes des boulistes me donnaient mal à l'estomac. J'en avais assez de leurs charcuteries. Les cornichons agacent les dents. Les rillettes laissent une pellicule de gras autour de la langue, comme un emballage intérieur, la bouche a trop chaud, elle s'épaissit. Je rêvais d'un morceau de poulet. Ah ! une bonne cuisse rôtie...

Le contenu des poubelles serait trempé, ce soir. Même le pain des cygnes, sur le bord du lac, se décomposerait en une pâte molle et fade épousant les reliefs du chemin. L'eau s'empare des croûtons, elle les digère, puis elle mange la terre. Tout s'estompe, tout se confond. Seule la nourriture des chats déposée chaque jour sous le kiosque à musique serait épargnée — mais les chats ne laissent que le papier et l'auteur s'en empare, pas moyen de le suçoter...

Je ne devrais pas me plaindre, je trouve toujours de quoi assouvir ma faim. Parfois, j'ai des réflexes de chien gâté. Je bougonne là où il faudrait se contenter, me contente là où j'aurais dû me régaler. Une seule pensée me met en joie : bientôt je serai près de Sonia Potemkine. Nous resterons, elle et moi, comme une peau qui colle à la chair. Je la regarderai travailler. Le lecteur ne se doute pas combien le verbe est exigeant. Un déluge de pleins et de déliés pour une phrase ronde, une petite phrase qui se tient. Je suis une chienne. Je suis un carlin. Lorsqu'ils n'ont personne pour les accompagner, ni animal ni enfant, les habitués du jardin viennent avec des livres ou des journaux. On ne veut pas être vu, on ne veut pas avouer qu'on est seul, sans prétexte. Tout entier on se laisse absorber, happer par les signes, le monde extérieur s'efface, seuls existent les mots…

Ce plaisir-là m'est interdit.

J'aurais aimé rencontrer quelqu'un en attendant Sonia, un temporaire. Pourquoi l'aveugle m'avait-il refusée ? Je pataugeais tristement. J'avais besoin d'attaches. Les odeurs se confondaient, jamais je ne la retrouverais.

La nuit commençait à tomber lorsque j'arrivai devant le centre commercial où les Breton achetaient leurs filets de carrelet. Je m'engouffrai dans la galerie marchande dans l'espoir de me sécher un peu. Je dénichai un coin tranquille près du tapis roulant, cachée entre les deux parties d'un panneau publicitaire. Je regardais les clients descendre du supermarché avec leurs courses. Ils prenaient de drôles de positions, funambules empâtés marchant sur un fil de trois mètres de large. Je ne compris pas tout de suite pourquoi ils donnaient cette impression de déséquilibre. Après observation, je m'aperçus qu'il y avait un léger décalage entre la vitesse du tapis mécanique et celle de la rampe. Les bras gauches, en retard par rapport aux pieds, tiraient les bustes vers l'arrière, tandis que les mains droites se cramponnaient aux chariots métalliques qui, entraînés par leur poids, menaçaient de dévaler la pente.

Je restai ainsi plus d'une heure, oubliant tout, l'humidité, les marches de l'église et même Sonia Potemkine, je n'arrivais pas à me défaire du spectacle de ces gens. Ils défilaient par vagues, suspendus dans cet espace abstrait coincé entre un ciel de verre et une terre en béton. De temps à autre, un enfant venait insuffler un peu de vie à l'ensemble. Il montait le tapis à contre-courant ou se hissait sur la rampe, mais ces louables tentatives se soldaient toujours par l'intervention agressive de ses parents. L'enfant rechignait, pour la forme. Un avertissement encore et il filait droit. À ma grande déception, je ne remarquai pas un seul couple d'amoureux — il semblerait qu'à deux on préfère les petites surfaces. Un vieil homme arrivait à présent. Il fixait avec intensité le panneau publicitaire. Son visage se figea. Je fus la première à le voir trébucher.

Il s'effondra sur la poignée rouge de son chariot dans lequel flottaient quelques boîtes de conserve, puis, perdant l'équilibre, tomba à la renverse.

Dans les cinq secondes qui suivirent l'accident, une foule bruyante, tout émoustillée par la catastrophe, se rassembla près de lui. Je sortis de ma cachette et me glissai entre les pieds d'une grosse femme qui contemplait le corps immobile. Une jupe assez longue en tissu synthétique recouvrait ses jambes largement écartées. L'étoffe effleura mes oreilles. Dans mon trouble, je faillis mordre le mollet de la dame. Une voix tonitruante me rappela à la réalité.

— Quelqu'un a téléphoné aux pompiers, quelqu'un a prévenu sa famille, je ne sais pas, moi, peut-être quelqu'un est-il médecin ?

Les boîtes de conserve avaient roulé autour du vieil homme. Elles délimitaient son territoire. Il ne bougeait toujours pas. Pourquoi n'essayait-on pas de lui parler ? Lorsque enfin une jeune fille se pencha vers lui, l'assemblée unanime émit un souffle d'indignation.

— Il ne faut pas toucher, jamais toucher...

Que craignaient-ils ? Je ne savais pas qu'une chute pouvait être contagieuse. La jeune fille s'éloigna, honteuse de s'être exposée ainsi à la réprobation générale. Je me sentais responsable, je crois que l'homme m'avait aperçue dépassant du panneau, peut-être avait-il pris peur, Dieu sait ce qu'il avait imaginé. Je m'approchai alors, s'il ouvrait les yeux il fallait qu'il me voie en entier, qu'il comprenne que je n'étais pas un rat monstrueux ni un cochon miniature, mais un petit carlin en quête d'affection.

— Il est tombé au bout du tapis roulant, il a eu un malaise…

Je m'approchai encore un peu. Son front était bombé, très blanc au centre, et parsemé de taches brunes sur le côté. Je pensai à Mme Breton. Lorsque je m'étais évanouie, elle avait posé sur mes yeux un gant de toilette imbibé d'eau. À défaut de gant, je me mis à lui lécher les tempes pour essayer de le ranimer. Les badauds s'extasièrent, j'étais devenue le centre d'attraction. Nul doute que j'appartenais au vieil homme. Les langues se déliaient, l'heure n'était plus à l'apitoiement. C'est drôle comme les chiens, commença la grosse dame, mais je n'entendis pas la suite, trop absorbée par la gravité de la situation. Les paupières de mon maître d'adoption étaient froides, très froides, et sèches malgré ma salive. Il avait besoin d'eau et de chaleur, il fallait lui donner à boire, il fallait le réchauffer. Je regardai la jeune fille d'un air suppliant, elle seule aurait pu nous aider, mais elle n'osa pas intervenir. On se bousculait à l'arrivée du tapis mécanique. L'attention des badauds se détourna. Alors, au prix d'une concentration intense, j'urinai sur le visage de l'accidenté.

Le calme revint. Je m'assis, soulagée.

La grosse dame fut la première à remarquer les conséquences de ma tentative de sauvetage

— je dis tentative, car le vieil homme était toujours aussi livide.

— Il saigne blanc, s'exclama-t-elle, et comme on la priait de s'expliquer, elle montra le liquide qui semblait s'échapper de sa fontanelle.

— C'est des humeurs, affirma une autre femme qui jusque-là était restée en retrait, mon mari, ça lui coulait par les oreilles, il a fallu l'hospitaliser…

Son voisin l'interrompit. Il se baissa vers moi.

— La petite salope, elle a pissé sur son maître !

Cette réflexion provoqua la stupeur générale. On aurait souhaité me punir, mais on n'osait pas. J'étais la seule preuve vivante de cet homme, comme une partie rescapée de lui-même, un segment indemne, on ne pouvait tout de même pas me chasser. Deux lycéens aux blue-jeans savamment déchirés, crâne rasé et sac militaire en guise de cartable, bousculèrent la grosse femme. La foule s'écarta telle une peau bien tendue sous la lame d'un couteau.

— C'est un pépé qu'a cassé sa pipe, lança le plus grand.

— Ah ouais, rumina l'autre en tordant la bouche.

D'un geste brusque, il releva le chariot et voulut le prendre pour récupérer la consigne.

— Moi, je m'tire. J'aime pas les mélos.

Il n'aimait pas non plus le cassoulet, car il donna un coup de pied dans les boîtes qui allèrent valdinguer contre le panneau publicitaire. Des vigiles en uniforme s'avancèrent vers nous. Prise de panique, je m'enfuis avec les deux lycéens. On ne chercha pas à nous rattraper.

La pluie s'était arrêtée. Je poursuivis mon chemin, troublée par l'image du vieil homme. Le contact de sa peau ridée sur ma langue ressemblait à quelque chose que je connaissais. C'était à la fois sec et charnu, comme des lèvres fendillées par le froid. C'était salé. Peut-être mon ventre avait-il la même texture. Je voulus m'arrêter pour confirmer mon intuition, mais je ne trouvai pas un seul coin tranquille. Ça marchait si vite, il fallait rattraper le temps perdu, le temps de pluie qui provoque les embouteillages, détruit les mises en plis et mouille les chaussures. La solitude des passants m'accablait. Au moins, dans le parc, il y avait la présence des arbres. J'avais envie d'y retourner. En tout, les végétaux sont supérieurs. Ils savent être là sans peser. Ils s'offrent au vent, ils s'offrent à l'eau, ils s'offrent.

Je continuai droit devant moi, fidèle à ma ligne de conduite. Bientôt, je fus obligée de m'arrêter : des grilles me barraient la route. La porte s'ouvrait un peu plus loin. Je tremblais encore, et je me disais que c'était à cause du froid.

49

Je devais me rendre à l'évidence : aussi curieux que cela puisse paraître, tous les chemins qui partaient de l'église aboutissaient au jardin.

50

Je marchais beaucoup. L'enquête piétinait. À l'éblouissement des débuts succéda une période monotone. Je commençais à douter de ma méthode et de mon sens de l'orientation. Je me demandais s'il ne valait pas mieux regarder le monde graviter autour d'un point fixe plutôt que de m'acharner à en faire le tour — être traversée par la ville au lieu de la traverser.

Forte de ces considérations, je décidai de rester près de la statue une semaine entière, sans bouger — ou presque —, ne descendant dans le cœur du jardin que pour chercher de la nourriture.

Je passai ces jours tranquilles à ronger ma laisse. J'en avais assez de me prendre les pattes dedans. Cette activité miniature m'aida à retrouver une certaine sérénité. J'étais une parmi les quelque cent cinquante millions de chiens évoluant sur la terre, mini-dogue fugueur, petit molosse échappé des griffes du temps. Rares étaient les promeneurs qui montaient par ce chemin au promontoire. Je pouvais réfléchir à loisir, ou plutôt m'arrêter de penser, enfin, me couler dans la contemplation des arbres. Cette apparente légèreté se doublait d'une tristesse sourde et tenace. Je n'étais pas née pour vivre à part.

Le cuir céda vers la fin d'une après-midi calme, alors qu'en contrebas les gardiens sifflaient la fermeture du parc. Je levai les yeux pour partager avec mes compagnons de bronze ma victoire sur le monde des Breton. Une grimace inquiétante se dessina sur le visage de la petite fille.

Je me mis à aboyer, campée sur mes pattes avant, l'animal était en train de mourir, poignardé, que sais-je, empoisonné, et si danse il y avait c'était une danse macabre, oui, j'aboyais de toutes mes forces — je ne remarquai pas l'homme qui approchait.

Un déclic me fit tourner la tête : il venait de me photographier. Comme si ce simple geste avait pu désamorcer l'agressivité de la jeune meurtrière, l'ours reprit son air goguenard.

Je me détendis, j'avais honte de m'être emportée contre une matière si lourde. On ne voit que ce qu'on imagine : la solitude ne me valait rien. Le cauchemar s'effaça complètement lorsque le photographe m'adressa la parole. Je m'arrêtai. Un homme qui ne répond pas aux coups de sifflet des gardiens mérite d'être écouté.

— Viens par ici, petit monstre, viens...

Il parlait avec un léger accent étranger. Je pensai à Nicolas et à sa vocation de reporter. Cette façon d'approcher m'était sympathique. Il n'avait pas peur de m'effrayer, il savait que je resterais là. Il ne chercha pas à me toucher non plus, se contentant de me présenter le dos de sa main pour que je puisse la flairer, et c'est moi-même qui vins me frotter contre ses jambes, comme un chat.

— Je m'appelle Simon.

Il regarda mon collier mais les Breton n'avaient pas cru utile d'y inscrire mon nom, le tatouage devait suffire à me distinguer de la masse. Comme je n'avais plus qu'un petit bout de laisse, Simon sortit un foulard rouge de son sac et, le glissant dans l'anneau, me conduisit jusqu'à la grille. Nous passâmes le tourniquet sous le regard impatient du dernier gardien.

51

Simon habitait un ancien salon de coiffure, c'était commode pour les bacs du laboratoire photo, l'évier et le lavabo qui se suivaient sur le mur de droite, et un peu moins facile à installer pour le reste, lit, agrandisseur, plaque électrique, lampe de chevet et autres accessoires qui semblaient posés là au hasard de leur arrivée. Il faisait un peu humide, Simon alluma les sèche-cheveux et les dirigea vers le centre de la pièce. Il éteignit le plafonnier. Nous nous assîmes dans un fauteuil tournant. Il y avait un rebord métallique pour relever les pieds et de bons accoudoirs. La vitrine était recouverte d'une couche irrégulière de blanc d'Espagne. La silhouette des passants se devinait en transparence, tableau mouvant qui apparaissait avec la nuit. Dès le premier coup d'œil, j'aimai cet endroit.

52

Je l'aimais non seulement à cause de ce défilé d'ombres, mais aussi parce qu'il restait encore beaucoup de cheveux par terre. Au moins, ici, personne ne penserait à me reprocher le fait de perdre mes poils.

53

Le photographe n'avait aucune idée de ce que pouvait être un chien. Je savourai la tranche de foie de veau qu'il avait achetée spécialement à mon intention, laissant les coquillettes pour plus tard. Simon s'en alarma. Aurais-je préféré des légumes verts ?

Il parlait peu, mais savait se faire entendre.

Jamais on ne m'avait adressé la parole ainsi, sans détour, sans guili-guili. Sa voix ne montait pas dans les aigus, elle demeurait stable, concentrée, presque douloureuse.

Le téléphone sonnait souvent, mais Simon ne décrochait pas. Le répondeur automatique se déclenchait, toujours la même personne enregistrait le même message. Simon devait rappeler, c'était urgent, l'exposition risquait d'être annulée s'il ne donnait pas signe de vie avant la fin du mois.

Je n'ai pas l'habitude, s'excusa-t-il lorsqu'il me souleva la première fois et, tel un nourrisson, me prit dans ses bras — pour quitter le salon, il fallait passer par un trou aménagé dans le contreplaqué qui remplaçait l'ancienne porte vitrée. Simon était d'un naturel prévenant. Il n'osait pas m'abandonner avec le téléphone et les séchoirs, il avait peur que je ne m'ennuie. Après la promenade, il me proposa une de ses chaussures en guise de jouet, puis une cuillère en bois, enfin mit à ma disposition les accessoires en plastique qui traînaient autour de la caisse, peignes, brosses et bigoudis, il semblait heureux que ces choses-là servent enfin. Il me regarda déchiqueter son journal avec une expression de ravissement qui me vengea de tous les reproches que m'avait assenés M. Breton en pareille circonstance. Je m'amusai ensuite avec la passoire, Simon était un grand amateur de thé. Il en buvait sans cesse, partout dans le salon de coiffure son bol le suivait.

Après une nuit de réflexion, Simon me baptisa. Il n'avait pas deviné que j'étais née près de Calais, de parents cent pour cent british : il me trouvait un petit air chinois. Pour lui, je m'appellerais Yin.

Yin. Le nom sonnait clair, une nouvelle vie s'annonçait. Je crus un instant pouvoir échapper à moi-même. Le visage de l'auteur se radoucit. Sonia Potemkine avait le droit d'écrire ce qu'elle voulait, Gilda n'existait plus que sous sa plume : *JE* était ailleurs, Yin saluait bas, elle ne se sentait pas responsable. Elle aurait aimé la voir travailler parfois, être là très tôt le matin, à l'affût des pages qui tombent, froissées, dans la corbeille à papier. Elle aurait aimé la sentir à ses côtés lorsque Simon partait faire les courses — rassuré par la constance de mon humeur et de mon affection, il me laissait plus souvent seule maintenant. Lorsqu'il sortait avec moi dans le quartier, il avait toujours peur de rencontrer mes anciens maîtres.

54

Quand Simon revint de la librairie avec le livre de Mrs Smooth, je compris qu'il ne suffisait pas de changer de nom pour changer d'histoire.

Charlemagne de Nacarat, mon père, trônait en couverture.

Simon s'installa confortablement et se mit à lire. À mesure qu'il tournait les pages de l'ouvrage sur les carlins, je voyais son visage se décomposer. Comment avais-je survécu à toutes ces nourritures interdites engouffrées en sa présence ? Pour se rattraper, à défaut du lavage interne qui l'aurait déculpabilisé en profondeur, il décida de faire ma toilette selon les directives du chapitre trois.

Ici, le shampooing ne piquait pas les yeux, l'eau était bien tiède, j'eus même droit à un traitement à la moelle de bœuf qui me laissa toute gonflée, pleine d'odeurs qui ne me ressemblaient pas. Simon me prit en photo à chaque étape du bain. Lorsque pour la énième fois la sonnerie du téléphone retentit, il décrocha. Simon rassura le directeur de la galerie. Oui, les tirages seraient prêts à temps. Non, il ne montrerait pas son reportage sur les Papous, il avait mieux, bien mieux, il lui expliquerait…

Simon s'énervait. Son interlocuteur ne voulait rien entendre, il insistait, tenait à ces Papous qui d'après lui se vendraient comme des petits pains. Pourquoi cet acharnement à refuser le succès ?

Simon avait éloigné le combiné de son oreille. Au bout d'un moment il raccrocha.

55

Bientôt, la totalité des miroirs du salon furent recouverts par des portraits de moi. Simon me photographiait avec des inconnus, il m'entraînait dans des lieux excentrés, des endroits dont ni Cathy ni Mme Breton n'auraient soupçonné l'existence. Décharges, terrains vagues, usines ou gare désaffectées : plus c'était délabré et plus Simon était à son aise. Lui qui, au centre-ville, marchait les épaules voûtées, comme s'il s'attendait qu'à chaque coin de rue on lui reproche son existence, évoluait en ces territoires avec une grâce qui me stupéfia. Il savait courir dans la boue sans glisser, escalader les palissades et, au hasard de nos promenades, rencontrer d'autres gens qui, comme lui, semblaient chez eux partout. Rares furent ceux qui refusèrent de poser à mes côtés — et pas un ne se permit une remarque désobligeante sur mon aspect physique, pourtant peu adapté aux conditions environnantes. Là-bas, on ne se moquait pas. On prenait les choses comme elles venaient, et si quelqu'un tombait par terre, on lui parlait avant d'appeler les pompiers.

Un soir nous atterrîmes dans un bistrot tenu par deux travestis. Simon me hissa sur le comptoir. L'appareil photo fut installé sur le rebord d'une fenêtre qui ne s'ouvrait jamais. Il faisait assez sombre, il ne fallait pas bouger. J'eus droit à un Viandox tiède avec des bouts de croissant qui flottaient, c'était bon, les patronnes buvaient des kirs en riant. Elles portaient des chaussures à talons hauts et des tatouages sur les avant-bras. Je les aimais bien, elles me ressemblaient.

Quelqu'un s était trompé de genre, au départ, depuis elles se rattrapaient. Je pensai à Sonia Potemkine. J'avais beau me répéter que sa Gilda m'était étrangère, que Yin l'avait remplacée, je n'arrivais toujours pas à m'en détacher.

56

Simon regardait longuement ses travaux, comme s'il cherchait à travers moi l'image d'un être disparu, ou la révélation d'une pensée qu'il ne parvenait pas à exprimer avec des mots. Puis un jour, en rentrant de l'une de nos escapades, il décida que ça ne suffisait pas — ça, c'est-à-dire le papier et la lumière, il avait besoin d'autres matériaux. Il m'emmena dans un atelier où travaillaient plusieurs céramistes. Des poubelles pleines de terre glaise jalonnaient l'espace. Simon embrassa une certaine Pauline qui avait le même profil que lui : je compris que c'était sa sœur. Il l'entraîna un peu à l'écart pour lui parler de son projet. Il sortit de son blouson une série de tirages. Pauline se tourna vers moi et me jaugea d'un œil expert.

— Et, bien sûr, tu en as besoin très vite ?

— Pour lundi.

Le lundi suivant, Simon revenait au salon avec la sculpture. Il s'endormit presque aussitôt, il semblait soulagé. Je crus qu'il ne se réveillerait jamais.

57

Mon buste trônait au centre de la galerie. Il était posé sur un socle à hauteur d'homme. Le long des murs, accrochées avec des pinces à linge sur des fils gainés de plastique rouge, pendaient les photographies de Simon. Celle où j'aboyais devant l'ours de bronze, la première, la fondatrice en somme de notre amitié, avait été reproduite au dos du carton d'invitation. Elle occupait le fond de la salle, tirée en très grand, j'avais peine à me reconnaître.

Il y avait beaucoup de monde au vernissage de l'exposition. Les visiteurs passaient devant les cordes à linge comme devant la vitrine d'une quincaillerie, attirés par la multitude de marchandises. On m'observait à la dérobée, pour s'assurer que j'étais aussi laide en vrai que sur les photos. Le directeur et sa femme papillonnaient d'un invité à l'autre. Ils se dirigeaient maintenant vers nous. À mesure qu'ils approchaient, le directeur baissait la voix. En vérité il chuchotait si fort que personne ne pouvait ignorer tout le bien qu'il pensait de son protégé. Les Papous modernes sont aux portes de la ville, proclamait-il — le directeur faisait une fixation sur les Papous. Son analyse sociopolitique des travaux de Simon ne manquait pas d'originalité. Sa femme marchait à côté de lui, elle fumait des cigarettes mentholées. Elle parlait à un monsieur rondouillard qui paraissait douter de la pertinence de l'accrochage.

— Attention, insistait-elle en désignant l'espace, Simon n'est pas seulement un photographe, c'est aussi un artiste !

L'homme sourit d'un air paternel.

— Vous voulez dire qu'il fait des chantiers pour gagner sa vie ?

Le directeur lui lança un regard noir. Simon me prit par le collier et, ignorant la main qu'on lui tendait, plongea dans le cœur de la galerie. Il me lâcha devant mon buste et me photographia. Les visiteurs s'écartèrent. La sœur de Simon profita de la brèche pour venir l'embrasser. Elle portait une robe qui dégageait ses épaules. Sa façon de se tenir debout sur un pied, légèrement cambrée, me fit penser à Sonia Potemkine. Quelqu'un m'interpella.

— Gilda !

Qui donc connaissait mon ancien nom ? Je me retournai d'un bond, incapable de résister à l'appel. Aussitôt je le regrettai. Un grand escogriffe à la mine jaunâtre se dirigeait vers nous. Il se planta devant Pauline. Celle-ci le regarda d'un air surpris.

— Tu ne nous présentes pas ? demanda-t-il à Simon.

Mon nouveau maître s'exécuta à contrecœur.

— Ma sœur, Freddy Picaud, Freddy Picaud, ma sœur…

— Elle a pas un prénom, ta sœur ?

Simon ne répondit pas. Il voulait s'en aller mais

Freddy le retint par l'épaule. Il déplia un bout de papier photocopié et l'agita sous son nez.

— J'ai trouvé ça chez le boulanger, j'ai pensé que ça t'amuserait…

Je n'aimais pas l'odeur de cet homme, je m'éloignai à mon tour, Simon me rattrapa.

— Reste ici, Yin, j'ai encore besoin de toi.

Freddy ricana.

— Comment dis-tu, Yin ? Tu ne manques pas d'imagination…

Simon lui arracha l'affichette des mains. Au centre, il y avait la photo d'un carlin en noir et blanc. Autour, un numéro, un nom, une adresse et la promesse d'une forte récompense.

— C'est ridicule, bredouilla Simon, ces chiens-là se ressemblent tous.

Freddy s'était penché vers moi. D'un geste brusque il me fit rouler sur le dos.

— Quelle coïncidence ! Elles portent le même matricule…

Freddy se rengorgea. Il voulut ajouter quelque chose mais Simon ne lui en laissa pas le temps. Il m'enfourna dans son blouson et, bousculant les visiteurs, sortit de la galerie sous le regard médusé du directeur.

58

Le thé ne suffisait pas. Simon se força à vider la bouteille de vin qu'il avait débouchée en rentrant du vernissage. Qu'allait-il faire de moi ? J'étais attachée au pied du fauteuil avec le cordon d'un fer à friser électrique. Au bout d'un temps qui me parut interminable, Simon décrocha une à une les images qui recouvraient encore les miroirs et les déchira.

Ce geste me terrifia.

J'eus soudain l'impression que Sonia pourrait l'imiter si je ne la retrouvais pas, prendre ses pages et les jeter à la poubelle, les brûler peut-être, en prétextant que son personnage s'était échappé, qu'elle ne le sentait plus, qu'elle préférait changer de métaphore. Combien d'heures, combien de semaines de travail effacées à cause de moi ? Je ne méritais pas de tels sacrifices. Je n'étais qu'un chien miniature, je n'avais pas la stature d'une muse, ni ses qualités énigmatiques. Pourquoi m'avait-on choisie ? Je n'avais rien demandé à personne, j'en avais assez de faire le grand écart entre les photographies de Simon et les phrases de Sonia ; je rêvais d'une réconciliation qui me permettrait de m'effacer. *JE* majuscule était fatiguée. Elle voulait retourner à Calais, chez Mrs Smooth, se perdre dans la masse des chiens bichonnés. Elle voulait qu'on lui parle avec des petits mots, des petits mots un peu débiles, et qu'on lui enfile un paletot les jours de froid, assorti à celui de sa maîtresse, elle voulait, pourquoi pas, comme sa mère reproduire, donner la vie, une vie toute simple, sans complication, et qu'on ne l'embête pas avec des problèmes de genre, de temps et d'identité. Elle rêvait d'une vie gigogne, une vie de poupée russe comme il en existe des milliers, sans grognements ni mémoire, sans sautes d'humeur, bien à sa place, oui, bien ajustée dans une poupée un peu plus large — à peine, la marge est minuscule…

J'essayais de dormir pour échapper à Simon mais je n'y parvenais pas. Il m'avait menacée de choses épouvantables, parlait de cryogénisation, il allait me tuer, m'empailler avant que la tragédie ne tourne au mélodrame, que les Breton, avertis par Freddy, ne débarquent dans le salon de coiffure et, mettant tout à sac, ne récupèrent leur chien. Sa voix était si forte que plusieurs personnes pressèrent le pas en longeant la vitrine. Leurs ombres s'étiraient lorsqu'ils traversaient la rue. Simon les prenait à parti, heureusement il se fatigua vite et se jeta sur son lit. Les mots se dérobèrent. J'entendis quelques hoquets, je crus qu'il allait vomir, mais non : il s'assoupit.

Le lendemain, Simon retrouva l'affichette dans la poche de son blouson. Il était calme, trop calme, je crois que je préférais sa colère de la veille à cette soudaine résignation. Il s'excusa, me donna à manger et vérifia de nouveau mon tatouage. Il me brossa avant de me photographier une dernière fois avec lui, en utilisant le déclencheur à retardement. Une heure plus tard, nous étions devant le pavillon.

59

Je n'oublierais jamais l'expression de Sonia Potemkine lorsqu'elle ouvrit la porte.

Que faisait-elle chez les Breton ?

Peut-être était-elle venue chercher ses affaires. Un instant j'oubliai la détresse de Simon et me mis à lécher ces mains qui se tendaient vers moi, ces bras qui me soulevaient de terre. Mme Breton apparut. À sa façon d'entourer les épaules de Sonia, je compris que la chaise longue n'était pas restée vide très longtemps.

— Mon Dieu ! s'exclama-t-elle, c'est un miracle, un miracle…

Je me laissai embrasser, j'étais légère et molle, je me demandai si l'oiseau avait un nouvel os de seiche coincé entre les barreaux de sa cage.

Lorsque je fus reposée à terre, on s'aperçut qu'il y avait un étranger debout sur le trottoir.

L'intention de Simon avait été de me rendre à mes anciens propriétaires et de s'en aller, il ne voulait ni récompense ni remerciements. Je crois que l'apparition de Sonia Potemkine l'avait fait changer d'avis. Il accepta d'entrer, juste quelques minutes, murmura-t-il.

Nicolas et son père n'étaient pas là, nulle trace de Zeus, ni de son maître. La maison était bien rangée, il n'y avait plus de moutons derrière les portes. Simon but du thé, Sonia préféra un verre de porto. Mme Breton n'arrivait pas à se décider. Elle présentait un visage un peu fatigué, un peu triste peut-être malgré la joie de m'avoir retrouvée. Sonia au contraire avait profité de l'éclipse de la population masculine. Elle resplendissait et quand, posant sa main sur mon dos, elle rencontra celle de Simon, je compris que l'histoire balbutiait, oui, quand l'un et l'autre dirent des choses banales sans se regarder, je sus que Simon reviendrait dans le pavillon, que Sonia connaîtrait le salon de coiffure. Je sentis qu'il était temps de m'effacer. Une douce chaleur m'envahit. Je repensai aux chiens, dans la cave. Une truffe humide fouille les tissus, une patte se pose... Les deux mains se frôlèrent encore. J'allais disparaître, m'évanouir dans le blanc de la page. À quoi bon résister ? L'auteur même baissait la voix. *Je* n'est qu'un lien, écrivait-elle, un prétexte tendre. Un souffle apaisé par la caresse des mots.

DU MÊME AUTEUR

Aux Éditions Gallimard

SIRÈNE.

LA GIRAFE (Folio nº 2065).

ANATOMIE D'UN CHŒUR (Folio nº 2402)

L'HYPNOTISME À LA PORTÉE DE TOUS (Folio nº 2640).

LA CARESSE.

CELUI QUI COURT DERRIÈRE L'OISEAU.

Aux Éditions Balland / Maison des écrivains

MINA PRIŠH (dans LE VOYAGE À L'EST).

COLLECTION FOLIO

Dernières parutions

2695.	Yachar Kemal	*Tu écraseras le serpent.*
2696.	Joseph Kessel	*La steppe rouge.*
2697.	Yukio Mishima	*L'école de la chair.*
2698.	Pascal Quignard	*Le nom sur le bout de la langue.*
2699.	Jacques Sternberg	*Histoires à mourir de vous.*
2701.	Calvin	*Œuvres choisies.*
2702.	Milan Kundera	*L'art du roman.*
2703.	Milan Kundera	*Les testaments trahis.*
2704.	Rachid Boudjedra	*Timimoun.*
2705.	Robert Bresson	*Notes sur le cinématographe.*
2706.	Raphaël Confiant	*Ravines du devant-jour.*
2707.	Robin Cook	*Les mois d'avril sont meurtriers.*
2708.	Philippe Djian	*Sotos.*
2710.	Gabriel Matzneff	*La prunelle de mes yeux.*
2711.	Angelo Rinaldi	*Les jours ne s'en vont pas longtemps.*
2712.	Henri Pierre Roché	*Deux Anglaises et le continent.*
2714.	Collectif	*Dom Carlos* et autres nouvelles françaises du XVIIe siècle.
2715.	François-Marie Banier	*La tête la première.*
2716.	Julian Barnes	*Le porc-épic.*
2717.	Jean-Paul Demure	*Aix abrupto.*
2718.	William Faulkner	*Le gambit du cavalier.*
2719.	Pierrette Fleutiaux	*Sauvée !*
2720.	Jean Genet	*Un captif amoureux.*
2721.	Jean Giono	*Provence.*

2722.	Pierre Magnan	*Périple d'un cachalot.*
2723.	Félicien Marceau	*La terrasse de Lucrezia.*
2724.	Daniel Pennac	*Comme un roman.*
2725.	Joseph Conrad	*L'Agent secret.*
2726.	Jorge Amado	*La terre aux fruits d'or*
2727.	Karen Blixen	*Ombres sur la prairie.*
2728.	Nicolas Bréhal	*Les corps célestes.*
2729.	Jack Couffer	*Le rat qui rit.*
2730.	Romain Gary	*La danse de Gengis Cohn.*
2731.	André Gide	*Voyage au Congo* suivi de *Le retour du Tchad.*
2733.	Ian McEwan	*L'enfant volé.*
2734.	Jean-Marie Rouart	*Le goût du malheur.*
2735.	Sempé	*Âmes sœurs.*
2736.	Émile Zola	*Lourdes.*
2737.	Louis-Ferdinand Céline	*Féerie pour une autre fois.*
2738.	Henry de Montherlant	*La Rose de sable.*
2739.	Vivant Denon Jean-François de Bastide	*Point de lendemain,* suivi de *La Petite Maison.*
2740.	William Styron	*Le choix de Sophie.*
2741.	Emmanuèle Bernheim	*Sa femme.*
2742.	Maryse Condé	*Les derniers rois mages*
2743.	Gérard Delteil	*Chili con carne.*
2744.	Édouard Glissant	*Tout-monde.*
2745.	Bernard Lamarche-Vadel	*Vétérinaires.*
2746.	J.M.G. Le Clézio	*Diego et Frida.*
2747.	Jack London	*L'amour de la vie.*
2748.	Bharati Mukherjee	*Jasmine.*
2749.	Jean-Noël Pancrazi	*Le silence des passions.*
2750.	Alina Reyes	*Quand tu aimes, il faut partir*
2751.	Mika Waltari	*Un inconnu vint à la ferme.*
2752.	Alain Bosquet	*Les solitudes.*
2753.	Jean Daniel	*L'ami anglais.*
2754.	Marguerite Duras	*Écrire.*
2755.	Marguerite Duras	*Outside.*
2756.	Amos Oz	*Mon Michaël.*
2757.	René-Victor Pilhes	*La position de Philidor.*
2758.	Danièle Sallenave	*Les portes de Gubbio.*
2759.	Philippe Sollers	*PARADIS 2.*
2760.	Mustapha Tlili	*La rage aux tripes.*
2761.	Anne Wiazemsky	*Canines.*

2762. Jules et Edmond de Goncourt — *Manette Salomon.*
2763. Philippe Beaussant — *Héloïse.*
2764. Daniel Boulanger — *Les jeux du tour de ville.*
2765. Didier Daeninckx — *En marge.*
2766. Sylvie Germain — *Immensités.*
2767. Witold Gombrowicz — *Journal I (1953-1958).*
2768. Witold Gombrowicz — *Journal II (1959-1969).*
2769. Gustaw Herling — *Un monde à part.*
2770. Hermann Hesse — *Fiançailles.*
2771. Arto Paasilinna — *Le fils du dieu de l'Orage.*
2772. Gilbert Sinoué — *La fille du Nil.*
2773. Charles Williams — *Bye-bye, bayou !*
2774. Avraham B. Yehoshua — *Monsieur Mani.*
2775. Anonyme — *Les Mille et Une Nuits III (contes choisis).*
2776. Jean-Jacques Rousseau — *Les Confessions.*
2777. Pascal — *Les Pensées.*
2778. Lesage — *Gil Blas.*
2779. Victor Hugo — *Les Misérables I.*
2780. Victor Hugo — *Les Misérables II.*
2781. Dostoïevski — *Les Démons (Les Possédés).*
2782. Guy de Maupassant — *Boule de suif* et autres nouvelles.
2783. Guy de Maupassant — *La Maison Tellier. Une partie de campagne* et autres nouvelles.
2784. Witold Gombrowicz — *La pornographie.*
2785. Marcel Aymé — *Le vaurien.*
2786. Louis-Ferdinand Céline — *Entretiens avec le Professeur Y.*
2787. Didier Daeninckx — *Le bourreau et son double.*
2788. Guy Debord — *La Société du Spectacle.*
2789. William Faulkner — *Les larrons.*
2790. Élisabeth Gille — *Le crabe sur la banquette arrière.*
2791. Louis Martin-Chauffier — *L'homme et la bête.*
2792. Kenzaburô Ôé — *Dites-nous comment survivre à notre folie.*
2793. Jacques Réda — *L'herbe des talus.*
2794. Roger Vrigny — *Accident de parcours.*
2795. Blaise Cendrars — *Le Lotissement du ciel.*
2796. Alexandre Pouchkine — *Eugène Onéguine.*

2797. Pierre Assouline — *Simenon.*
2798. Frédéric H. Fajardie — *Bleu de méthylène.*
2799. Diane de Margerie — *La volière* suivi de *Duplicités.*
2800. François Nourissier — *Mauvais genre.*
2801. Jean d'Ormesson — *La Douane de mer.*
2802. Amos Oz — *Un juste repos.*
2803. Philip Roth — *Tromperie.*
2804. Jean-Paul Sartre — *L'engrenage.*
2805. Jean-Paul Sartre — *Les jeux sont faits.*
2806. Charles Sorel — *Histoire comique de Francion.*
2807. Chico Buarque — *Embrouille.*
2808. Ya Ding — *La jeune fille Tong.*
2809. Hervé Guibert — *Le Paradis.*
2810. Martín Luis Guzmán — *L'ombre du Caudillo.*
2811. Peter Handke — *Essai sur la fatigue.*
2812. Philippe Labro — *Un début à Paris.*
2813. Michel Mohrt — *L'ours des Adirondacks.*
2814. N. Scott Momaday — *La maison de l'aube.*
2815. Banana Yoshimoto — *Kitchen.*
2816. Virginia Woolf — *Vers le phare.*
2817. Honoré de Balzac — *Sarrasine.*
2818. Alexandre Dumas — *Vingt ans après.*
2819. Christian Bobin — *L'inespérée.*
2820. Christian Bobin — *Isabelle Bruges.*
2821. Louis Calaferte — *C'est la guerre.*
2822. Louis Calaferte — *Rosa mystica.*
2823. Jean-Paul Demure — *Découpe sombre.*
2824. Lawrence Durrell — *L'ombre infinie de César.*
2825. Mircea Eliade — *Les dix-neuf roses.*
2826. Roger Grenier — *Le Pierrot noir.*
2827. David McNeil — *Tous les bars de Zanzibar.*
2828. René Frégni — *Le voleur d'innocence.*
2829. Louvet de Couvray — *Les Amours du chevalier de Faublas.*
2830. James Joyce — *Ulysse.*
2831. François-Régis Bastide — *L'homme au désir d'amour lointain.*
2832. Thomas Bernhard — *L'origine.*
2833. Daniel Boulanger — *Les noces du merle.*
2834. Michel del Castillo — *Rue des Archives.*
2835. Pierre Drieu la Rochelle — *Une femme à sa fenêtre.*
2836. Joseph Kessel — *Dames de Californie.*

2837.	Patrick Mosconi	*La nuit apache.*
2838.	Marguerite Yourcenar	*Conte bleu.*
2839.	Pascal Quignard	*Le sexe et l'effroi.*
2840.	Guy de Maupassant	*L'Inutile Beauté.*
2841.	Kôbô Abé	*Rendez-vous secret.*
2842.	Nicolas Bouvier	*Le poisson-scorpion.*
2843.	Patrick Chamoiseau	*Chemin-d'école.*
2844.	Patrick Chamoiseau	*Antan d'enfance.*
2845.	Philippe Djian	*Assassins.*
2846.	Lawrence Durrell	*Le Carrousel sicilien.*
2847.	Jean-Marie Laclavetine	*Le rouge et le blanc.*
2848.	D.H. Lawrence	*Kangourou.*
2849.	Francine Prose	*Les petits miracles.*
2850.	Jean-Jacques Sempé	*Insondables mystères.*
2851.	Béatrix Beck	*Des accommodements avec le ciel*
2852.	Herman Melville	*Moby Dick*
2853.	Jean-Claude Brisville	*Beaumarchais, l'insolent*
2854.	James Baldwin	*Face à l'homme blanc*
2855.	James Baldwin	*La prochaine fois, le feu*
2856.	W.-R. Burnett	*Rien dans les manches*
2857.	Michel Déon	*Un déjeuner de soleil*
2858.	Michel Déon	*Le jeune homme vert*
2859.	Philippe Le Guillou	*Le passage de l'Aulne*
2860.	Claude Brami	*Mon amie d'enfance*

Composition Bussière
et impression Bussière Camedan Imprimeries
à Saint-Amand (Cher), le 16 août 1996.
Dépôt légal : août 1996.
Numéro d'imprimeur : 1156-1/1201.
ISBN 2-07-040037-9. / Imprimé en France.

75806